平安貴族の和歌に込めた思い 続

桓武天皇・在原業平・藤原頼通・紀貫之・
菅原孝標女・待賢門院堀河・藤原忠通・平忠盛

今井雅晴

まえがき

本書は、平安時代の貴族たちがいかに自分の思いを和歌に込めたか、を探ったものです。本項の末尾に挙げた四冊の拙著の続編です。

現在に残る和歌には、その和歌を詠んだ理由から判断して二種類あります。一つは、「詠みたいな」と思って、純粋に自分の思いを込めて詠んだ和歌。もう一つは、社交の手段として、自分の思いとは無関係に、上手に詠もうとして詠んだ和歌。平安時代の半ばころから鎌倉時代には「歌会《うたかい》」や「歌合《うたあわせ》」という和歌の会がしきりに行なわれました。

「歌会」とは、誰かが題すなわち歌題《かだい》を決めて、それに基づいて参加者が和歌を詠んで披露し、楽しむ会です。「歌合」とは、三人ずつくらいの左右の班に分かれ、これまた誰かが決めた歌題に基づく和歌を詠み、左右一人ずつの組み合わせで優劣を競い、総合して勝ち負けを決めるものです。その折には優劣の判定者、すなわち「判《はん》者《ざ》」がつきます。この、与えられた題に基づいて和歌を詠むことを題詠《だいえい》といいます。また貴族たちの日常的な交際の中で、あるいは会合（宴会のこともあります）などの席で気軽に詠まれ、そのまま記録されずに捨てられることも多かったようです。これを詠《よ》み捨《す》てといいます。さらに個人的にふと思いついた感想を和歌にすることもありました。これは日記の裏に書かれることが多かったようです。

本書の趣旨から言えば、この詠み捨てや日記の裏に書かれた和歌こそ、貴重な史料です。前著『平安貴族の和歌に込めた思い』で取り上げた、藤原道長《ふじわらのみちなが》の有名な和歌「満月の歌」は、実はこの詠み捨てであるべき和歌だったのです。それを右大臣小野《おのの》宮実資《みやさねすけ》が自分の日記『小右記《しょうゆうき》』に書き込んでおいたので後世に伝えられたのです。しかも実資は道長のことを必ずしもよく思っていなかったので、道長は「此の夜《よ》をば我が夜とぞ思ふ」と詠んだのに、実資は「此の世《よ》をば我が世とぞ思ふ」として書き込んでしまったのです。後者は、時の天皇に対して大変失礼なことになるのです。

平安時代の貴族が自分の思いを文章にして残すことは少なかったのです。日記を書く貴族は多かったようですが、それは自分の息子や孫に朝廷での活動の仕方を教えるのが目的で書かれたのです。毎日の思いを書くために日記が存在したのではありません。『日本書紀《にほんしょき》』から始まる『続日本紀《しょくにほんぎ》』・『三代実録《さんだいじつろく》』等の国家の記録（六国史《りっこくし》）が平安時代半ばで書かれなくなったので、困った貴族たちがそれを補うため個人個人で書くようになったのが日記なのです。むろん、まれに自分の心の中を記すことはありましたが、その日記は、暦《こよみ》、すなわちカレンダーの中に書き込まれました。当時のカレンダーは、具中暦《ぐちゅうれき》と呼ばれた、その日の吉凶などが書き込んである日めくりのものでした。具中暦は、貴族が日記をたくさん書き込むようになったので、余白がだんだん広くなったそうです。詠んだ和歌は、その裏側に書かれました。朝廷その他の記録ではないから、ということからでしょう。しかしそれら貴族の日記も、歴史の展開の中で非常に多くが失われてしまいました。

さて貴族たちが詠んだ和歌から彼らの思いを探れないでしょうか。題詠の中からも思いに関する何かを探りたいものです。今までこのような試みはあまり行なわれていませんでした。歴史学研究を専門にしている筆者は、特にそのように思います。たまたま、何かの折に「彼（彼女）の思いはこうだったのでしょう」と書かれている文章に出会うことはありましたが。

歴史学研究は、過去の正確な事実を掘り起こすことに重点が置かれてきました。それが必要なことはもちろんです。でもそれで歴史学研究の作業が終わるとしたら、その成果は現代人にとってどのような意味があるのでしょうか。単に昔はこうだったというだけに終わってしまい、趣味としての役割は別として、現代人にとってほとんど役に立ちません。

現代における歴史学研究の大きな役割の一つは、その時代に生きた人々が何を思い、どのように生きたか、それを追究することにあるのではないでしょうか。それは、生きにくいとも言われる現代を生きる私たちに、重要な導きを与えてくれるでしょう。そのための基礎作業として、過去の事実を掘り起こす意味があるのです。またそれらの作業の結果、現代に書かれている歴史書（および歴史教科書など）の内容に見直す部分も出てくるのではないかと考えています。

本書および前書は以上の観点から書いたものです。本書は、前書同様、貴族八人を検討の対象にしました。そして、それぞれ次のような副題をつけて話を展開させてあります。

1、桓武天皇《かんむてんのう》――平安京を開いた、文化力豊かな人間性の天皇――
2、在原業平《ありわらのなりひら》――和歌の名人、政治的にも意欲的に活動――

3、藤原頼通《ふじわらのよりみち》——爽《さわ》やか、友好的な人格で五十年もの政権を維持——

4、紀貫之《きのつらゆき》——貧乏貴族、ただし宇多天皇《うだてんのう》に助けられて和歌文化を確立させる——

5、菅原孝標女《すがわらのたかすえのむすめ》——『更級日記《さらしなにっき》』の著者の淋しい人生——

6、待賢門院堀河《たいけんもんいんのほりかわ》——辛《つら》い人生を送った貴族の女性たち——

7、藤原忠通《ふじわらのただみち》——院政《いんせい》に協力して摂政《せっしょう》・関白《かんぱく》を守る——

8、平忠盛《たいらのただもり》——息子清盛《きよもり》の大発展を準備する——

なお「貴族」とは、朝廷に仕える身分の高い人たち、というのが一般的な常識です。正確には、位が正一位《しょういちい》から従五位下《じゅごいのげ》までの人のことです。このうち、正一位から従三位《じゅさんみ》までの六段階の人を「貴《き》」、正四位上から従五位下までの八段階の者を「通貴《つうき》」といい、合わせて貴族《きぞく》といっています。正六位上から従八位下までの人および最下位の初位《そい》の者は、正確には貴族ではありません。しかし、これら位を持つ人とその家族も、合わせて貴族と称するのが通例です。

ただ現代では便宜上《べんぎじょう》、一位から三位までの人を上級貴族、四位・五位の人を中級貴族、六位以下を下級貴族と呼ぶことがあります。

本書は、拙著『鎌倉時代の和歌に託した心』（自照社、二〇二一年）・『鎌倉時代の和歌に託した心　続』（同、二〇二二年）・『鎌倉時代の和歌に託した　続々』（同、二〇二三年）・『平安貴族の和歌に込めた思い』（同、二〇二三年）の続編でもあります。

二〇二四年六月六日

今　井　雅　晴

◇目　次◇

平安貴族の和歌に込めた思い・続

2　在原業平～和歌の名人、政治的にも意欲的に活動～

☆在原業平関係系図

4 紀貫之 〜貧乏貴族、ただし宇多天皇に助けられて和歌文化を確立させる〜

5 菅原孝標女～『更級日記』の著者の淋しい人生～

6 待賢門院堀河 ～辛い人生を送った貴族の女性たち～

8　平忠盛～息子清盛の大発展を準備する～

カバーデザイン・イラスト　村井千晴

1 桓武天皇

~平安京を開いた、文化力豊かな人間性の天皇~

★桓武天皇関係系図

注：数字は天皇の即位順

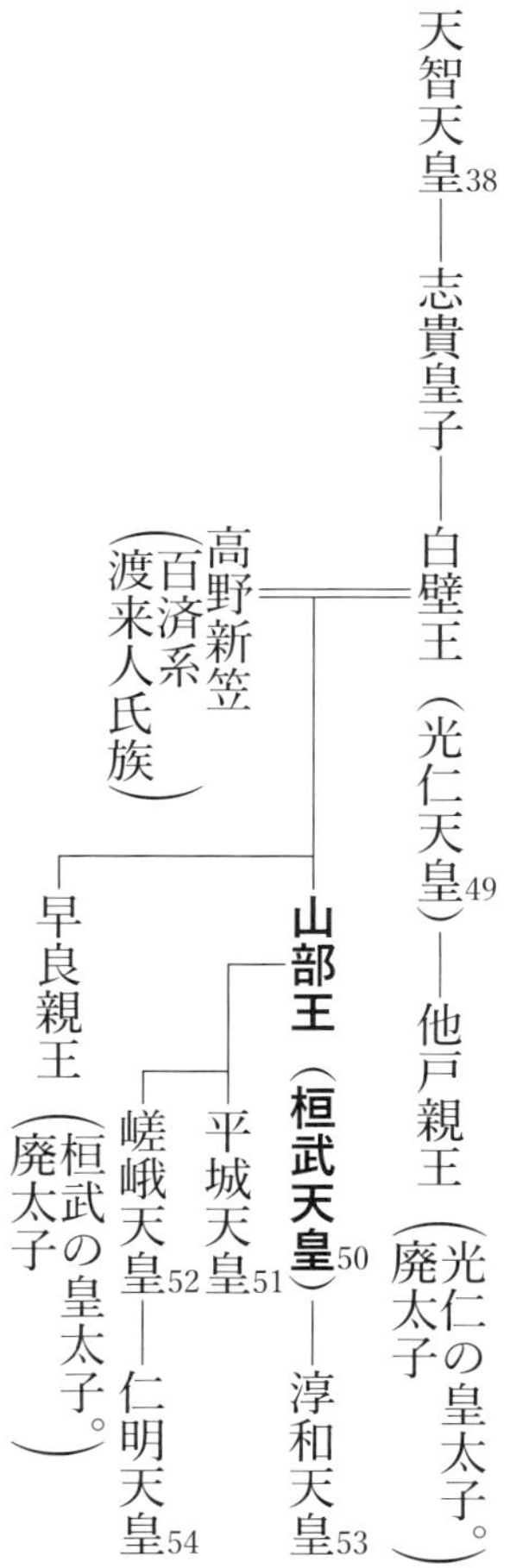

はじめに

桓武天皇《かんむてんのう》は古代の天皇で、都を奈良から平安京（京都）に遷《うつ》した人として有名です。でも、最初から都を遷そうなどと考えられる立場にいたのではありませんでした。父の白壁王《しらかべおう》と同様に、自分も天皇になれる見込みのない、親王《しんのう》でもない、山部王《やまべおう》と呼ばれた単なる一皇族にしか過ぎなかったのです。

その山部王は、青年時代、一生を官僚として生きようと思っていた気配です。ところが思いがけない機会から父が即位して光仁天皇《こうにんてんのう》となり、山部王も親王の称号を与えられました。さらに、これまた思いがけない機会から、山部親王は四十五歳という壮年で天皇になることができました。すなわち桓武天皇です。ここに至るまで、桓武天皇は、混乱を続ける奈良の都の政治をいかにしていけばよいのか、その方法に思いを巡らしていた気配です。そして即位してからその考えを実行しました。

以下、桓武天皇の思いを天皇が詠んだ和歌から探っていきます。

(1) 桓武天皇の誕生と青年期の官僚時代

桓武天皇の誕生

桓武天皇は奈良時代前期の天平《てんぴょう》九年（七三七）、白壁王の第一子として生まれました。名は山部王です。母は朝鮮半島の王国である百済《くだら》の系統を引く氏族の、和氏《やまとうじ》の出身である高野新笠《たかののにいがさ》という女性でした。白壁王の父志貴皇子《しきおうじ》は天智天皇《てんじてんのう》の皇子でしたが、母の身分が低かったため、親王にはなれませんでした。白壁王も同様で、その息子の山部王も即位の見込みはなく、単なる一皇族として過ごしていました。結局は朝廷の官僚として生きていくしかありませんでした。

青年期の官僚時代

奈良時代の朝廷では、皇族同士の争いや、豪族同士の争いも絶えませんでした。皇族同士の争いとは、主に天智天皇系の子孫と天武天皇系《てんむてんのう》の子孫との、天皇位をめぐる争いです。豪族も、彼らはまだ「貴族」と言えるような安定した高い身分には至っておらず、常に勢力争いや戦いを繰り返していました。それらの安定化は、平安時代中期以降を待たなければなりません。

そしてこのような状況は桓武天皇には幸運として作用しました。神護景雲《じんごけいうん》四年（七七〇）、天武天皇系の称徳（孝謙）天皇が亡くなり、天智天皇系の白壁王が即位したのです。光仁天皇です。その第一子の山部王は親王の称号を与えられたとはいうもの の、母の身分が低かったので、大学頭《だいがくのかみ》や侍従《じじゅう》、中務卿《なかつかさきょう》に就任するなど官僚として 働いていました。

山部王はこの時三十四歳、以後、後述するように天皇として即位するまでの十一年 間、朝廷政治の実態と問題点、またあるべき姿を十分に考えていた模様《もよう》です。

桓武天皇として即位し、年号を延暦とする

ところが、光仁天皇の皇太子に立てられていた他戸親王《おさべしんのう》が陰謀事件《いんぼうじけん》に巻き込まれて大和国《やまとのくに》に幽閉《ゆうへい》され、三年後の宝亀《ほうき》六年（七七五）に亡くなりました。そして天応《てんのう》元年（七八一）四月、山部王は父から譲位《じょうい》されて、即位したのです。すなわち桓武天皇です。四十五歳でした。皇太子には同母弟の早良親王《さわらしんのう》を立てました。またこの年十二月、光仁上皇が亡くなりました。七十五歳でした。桓武天皇は何の遠慮もなく、理想的な政治を実行できる立場となりました。

天皇は早速、翌年に改元しました。新しい年号は延暦《えんりゃく》でした。

⑵ 桓武天皇、都を長岡京に遷す

桓武天皇、都を長岡京に遷す

桓武天皇が即位したころ、皇族同士の争いや豪族間の争いがあったことに加え、仏教勢力の政治介入も大きな問題になっていました。奈良には東大寺《とうだいじ》・西大寺《さいだいじ》・興福寺《こうふくじ》・唐招提寺《とうしょうだいじ》その他の大寺院が存在し、それぞれが強い軍事力も持って自己主張をしていました。桓武天皇は、自分の理想的な政治実施の邪魔になるこれらの仏教勢力から離れようと、延暦三年（七八四）に都を遷しました。そこはまだ未開の地であった山城国乙訓郡《やましろのくにおとくにぐん》の長岡《ながおか》でした。すなわち長岡京です。現在の京都府長岡京市の東部にあたります。

また奈良の都は人口が増えすぎ、各地からの食糧その他の物資を運び込むための大きな川の便に欠けていました。長岡はすぐ東に淀川《よどがわ》という大河があり、各地からの物資を運び込むには便利な位置にありました。

引き続く政治的混乱

桓武天皇は新しい都において諸制度の整備や、東北地方で勢力を増しつつあった蝦夷《えぞ》の征討を実施するなど、意欲的な政治を始めました。しかし早くも翌年の延暦四年（七八五）、政治事件にからんで皇太子である弟の早良親王を辞めさせ、その上、流罪《るざい》に処してしまいました。ところが早良親王は抗議のため、流される途中で絶食して命を絶ってしまったのです。その後もこのような事件や天災が起こるなど、混乱が続きました。

⑶ 桓武天皇、都を平安京に遷す

桓武天皇は、混乱が続くのを避けるため、再度、都を平安京に遷しました。それは長岡に都を遷してから十年後の延暦十三年（七九四）でした。

桓武天皇、混乱を避ける

桓武天皇が理想的な政治を行なおうと努力していたのは間違いないでしょう。その努力は平安京に都を遷してからしだいに成果を上げ始めました。

桓武天皇の意欲を示す古歌

延暦十四年（七九五）四月十一日に詠んだ和歌があります。この日、皇居では天皇を中心に私的な宴会が行なわれていました。居並ぶ貴族や侍臣を前に、天皇はまず次のような古歌を口にしたのです（『類聚国史《るいじゅこくし》』巻七十五）。

古《いにしえ》の　野中《のなか》ふる道《みち》　あらためば

あらたまらむや　野中ふる道

「昔から世の中に行なわれてきたことで、古くさくなって現代に合わないことは、意欲を持って改めれば改められないことがあろうか」。

政治改革を意欲を持って進めようという、いかにも桓武天皇らしい気持ちの表現です。その気持ちを古歌を使って示したところに、天皇が歴史的調査を積み重ねてきたことを思わせます。

百済王明信に詠み掛ける

しかし一方、この和歌は「改めるのは簡単ではないよ」という気持ちが込められているようにも読めます。実はこの時、桓武天皇はこの和歌を側《そば》に控えるお付きの女性に詠み掛けていたのです。彼女は尚侍《しょうじ》で百済王《くだらのこにきし》明信《めいしん》という人でした。「尚侍」とは内侍局《ないしのつかさ》（天皇の側に仕えて、貴族たちの話を取り次いだり、また命令を伝え、さらに後宮《こうきゅう》の礼式などを司《つかさど》る役）という役所の長官でした。また百済王明信は従三位《じゅさんみ》という上級貴族の位を与えられていました。

百済王明信の「百済王」とは、持統天皇が朝鮮半島から日本に渡ってきた人々に与えた姓です。朝鮮半島では、西暦六六〇年、その南部の百済国が高句麗《こうくり》に滅ぼされました。その際、多くの人々が日本に逃れてきていました。その中の、百済最後の王である義慈王《ぎじおう》の息子善光《ぜんこう》の流れを引く人たちに、持統天皇《じとうてんのう》が与えた姓が「百済王」だったのです。「こにきし」とは古代朝鮮語の「王」の読み方と推定されています。

桓武天皇の若いころの恋人

桓武天皇は母の高野新笠の関係から、朝鮮半島系の氏族に親近感を抱《いだ》いていました。尚侍に起用している百済王明信は、まさにその一人でした。彼女は右大臣藤原継縄《うだいじんふじわらのつぐただ》の妻なのですが、桓武天皇の若いころの恋人だったのです。信頼して尚侍として仕えさせていたのでした。

そして天皇はこの和歌を彼女に詠み掛けたということなのです。その観点から言えば、「古からの道は、変えようとしてもなかなか変えられないものだね。私があなたに抱いていた恋心は、変えようとしても変えられないよ。今でも変わっていないんだよ」という意味となります。そして満座の中で明信に「返し歌を詠みなさい」と迫ります。天皇が古歌の中に示した意味を覚り、明信は慌《あわ》て、恥ずかしくてうまく返せません。

桓武天皇、自ら返歌を詠む

そこで天皇は、自ら返歌を詠んだのです（『類聚国史』巻七十五）。

君こそは　忘れたるらめ　にぎ玉《たま》の
　たわやめ我は　常の白珠《しらたま》

「天皇であるあなた様はもう私のことなど忘れてしまわれたでしょうが、しなやかで優美な女の私は、白い色が永遠に変わらない真珠のように、あなた様への変わらない想いを抱き続けておりますのよ」という内容の和歌です。これは、「こんな風に詠んで返すんだよ」と示したという和歌です。明信は狼狽《ろうばい》し、天皇はハハハと笑ったということです。

なお、明信の夫藤原継縄も息子の乙叡《たかとし》も親しく桓武天皇に仕え、継縄は正二位《しょうにい》右大臣に、乙叡は従三位中納言《ちゅうなごん》となっています。

(4) 桓武天皇の盛んな狩りへの意欲と、その政治的背景

天皇の狩りの宗教的・政治的意味

日本の歴史においては、天皇が狩りをする場面がよく見られます。日ごろの面倒な仕事を離れ、野山でおもしろく楽しい思いをすることができる、ということもあるでしょう。しかし重要な意味として、天皇の王者としての威厳を示す行ないであったのです。狩られる

動物たちはその土地の神霊《しんれい》であるとみなされていました。その動物たちを狩ることは、その土地の支配を意味する、とされていたのです。

多くの臣下を引き連れて狩りを行なうことは王者としての権威を示すことであり、それをそこに住む人々に見せることでもありました。各地の視察を行なう行為でもあったのです。

桓武天皇の百三十二回もの狩り

平安京に都を遷した桓武天皇は、新しい土地で王者としての姿を人々に見せる必要がありました。天皇は、延暦二年（七八三）を最初として、以後二十一年の間に百三十二回もの狩りを行なったのです。これはまさに新権力の基礎を絶え間なく固める、という意図があったものと推定されます。

北野での狩りと酒宴と鹿の鳴き声

延暦十七年（七九八）八月十三日、天皇は北野（現在の京都市上京区・北区一帯）に狩りに出て、伊予親王《いよしんのう》（桓武天皇の第三皇子）の山荘に入り、盛大な酒宴を催《もよお》しました。その宴会は夜遅くまで続き、明け方も間近になっていました。そこまで長引いた理由は、夜中の宵《よい》から明け方に鳴くという鹿の鳴き声を聞きたかったからなのです。それを今回の狩りの納めにしようとしていたのです。「鳴き声が聞こえるまで飲み続けるぞ」との全員の意欲の中で、桓武天皇は次の和歌を詠みました。

けさの朝け　鳴くちふ鹿の　その声を

聞かずはいかじ　夜《よ》はふけぬとも

（『類聚国史』）

「もうそろそろ明け方だろうが、宵から夜中、明け方直前のうちには必ず鳴くという鹿の、期待しているその声を聞かないうちは宴会をやめて帰るということはしないぞ、夜がさらにふけても」。

桓武天皇がこの和歌を詠んだら、なんと鹿が鳴いてくれたではありませんか。天皇は大喜びで、出席者たち皆に返し歌を詠むことを命じ、さらに宴会は盛り上がり、とうとう夜が明けるまで続き、そして帰宅したということでした。

桓武天皇と群臣たちの強い心の結びつきが思われます。

⑸ 遣唐使の派遣とその送別の宴

遣唐使の派遣

遣唐使《けんとうし》は、中国の文化を取り入れるため、舒明天皇《じょめいてんのう》二年（六三〇）に始まり、およそ二十年に一回ずつ送ったものです。ところが、その往復において難破《なんぱ》する船も多かったのです。時には嵐でベトナムの方まで流された船もあり、遣唐使は文字どおり命がけでした。遣唐使のトップである遣唐大使や同副使は、任命されても病気と称して辞退する者も続出したようです。

桓武天皇の遣唐使派遣

中国文化を取り入れることにも積極的になっていた桓武天皇は、延暦二十年（八〇一）八月、遣唐使を送ることにしました。

第十六次の遣唐使です。第十五次から数えて二十三年ぶりの遣唐使派遣です。遣唐大使は藤原葛野麻呂《ふじわらのかどのまろ》、副使は石川道益《いしかわのみちます》です。

葛野麻呂は、遣唐使に任ぜられた時には従四位下《じゅしいのげ》、延暦二十二年（八〇三）四月に三隻で出発した時には従四位上に昇進していました。しかし出港八日目で嵐に遭い帰国、二十三年（八〇四）三月に再び出港しました。

この遣唐使一行は、翌年の二十四年（八〇五）に帰途につきました。その大使葛野麻呂の乗った第一船は六月八日に対馬《つしま》に到着し、葛野麻呂は従三位に昇進しました。副使石川道益の第二船は同月十七日になってから肥前国松浦《ひぜんのくにまつうら》（長崎県）に着きました。しかし道益その人は乗っていなかったのです。中国で病没していました。また第三船に至っては出発から二年後の大同《だいどう》元年（八〇六）十月になってやっと大宰府《だざいふ》に帰着の挨拶に来たという状態でした。

遣唐船の隻数

桓武天皇の遣唐船はそれでも全隻帰ってくることができましたが、途中で海に沈む、あるいはどこかに漂着して帰国できなかった遣唐使たちも多かったのです。当初は一隻か二隻だった遣唐船が、のちには四隻にもなりました。できるだけたくさんの品物を持ち帰りたいということもあったでしょうが、とにかく、よく難破・沈没するので、四隻くらいで行けば一隻は帰ってこられるだろうという思いだったようです。

でも遣唐船のメンバーは堪りません。そこで異様に多い量の渡航前の下賜品《かしひん》、励まし、渡航前後の異常な官位昇進が注目されます。貴族たちの給料は官職に与えられるのではなく、官位に与えられるのが原則でした。したがって異常な官位昇進は、内容の伴わない名誉ではなく、給料がグンと上がるという一家挙げての喜びではあったのです。

桓武天皇の遣唐使励ましの和歌

延暦二十二年（八〇三）三月二十九日、桓武天皇は遣唐使大使と副使とを招いて歓送会を賑々《にぎにぎ》しく行ないました。その席において、天皇は大使の葛野麻呂を足元に招いて盃《さかずき》を与え、さらに次の和歌を詠み与えています（『日本紀略《にほんきりやく》』前十三）。

　この酒は　凡《おお》にはあらず　たひらかに
　　帰り来ませと　斎《いわ》ひたる酒

「この酒は普通の酒ではないのだ。無事に任務を果たして帰ってくるようにと神々に祈った酒だ。この酒を飲み干せば、神々が旅を守ってくれるぞ」。

　これを聞いた葛野麻呂は「涕涙《ているい》雨の如く（涙が流れ落ちることは雨のようでした）」、歓送会に出席していた貴族たちで「涕《なみだ》を流さざるは無し（涙を流さない者はありませんでした）」。

　確かに皆は天皇の心遣いに感激したのでしょうけれど、葛野麻呂はじめ全員が「もう帰ってこれないんじゃないか」という大不安の中にいたからこそ、このように涙が流れたのでしょう。引き続き、天皇は葛野麻呂に装束《しょうぞく》を三揃い、下に着る衣を一揃い、金を二百両（二千数百万円ほど）を引き出物として与えたのです。

　遣唐使は大変な仕事ですが、それに向けて心を一つにして盛り上がる桓武天皇と貴族たちの様子が思われます。

⑹ 桓武天皇の新鮮な文化的感覚

ホトトギス

ホトトギスという鳥は、インドから中国南部で越冬し、五月ころに中国北部・朝鮮半島、そして日本には五月中旬ころに渡ってきます。「キョッキョッキョキョキョキョ」とけたたましく、激情的に聞こえる声で鳴きます。これは実はホトトギスの雄の繁殖期《はんしょくき》の鳴き声なのです。この声を好んで、昔からホトトギスの和歌が多く詠まれました。『万葉集《まんようしゅう》』に百五十三首、『古今和歌集《こきんわかしゅう》』にも四十二首あります。

桓武天皇、ホトトギスの忍び音を夜を徹して待つ

またホトトギスは夜にも鳴く鳥としても知られています。その年に初めて聞くホトトギスの声を「忍び音《しのね》」といい、それを他人より先に聞こうと夜を徹して待ったりしました。清少納言《せいしょうなごん》の『枕草子《まくらのそうし》』にはその様子が描かれています。

「忍び音」とは、初めて鳴くのでまだ遠慮がちに、しかし、のびのびとして心地よく響く声とされて「忍び音」と呼ばれたのです。

またそのころの一日の始まりは、夜中の零時ではなく、朝に太陽が昇る時でした。

旧暦の三月後半から四月にかけてのある年、「忍び音」がまだない日の夕方、仕事が終わってずっと「忍び音」を待ち、多くの人が寝てしまっている明け方直前に「忍び音」を聞けば、すぐ翌日になります。つまりその年、「忍び音」を誰でもない自分が聞いたということになります。それは友人に自慢できるうれしいことだったのです。

桓武天皇、忍び音を待ちきれず

延暦十五年四月五日（西暦七九六年五月十六日）の明け方近く、桓武天皇はそれまで徹夜してホトトギスの「忍び音」を待っていました。しかしまだ聞こえません。そこで痺《しび》れを切らして詠んだのが次の和歌です。

けさの朝け　奈呼《なく》といひつる　ほととぎす
　今も鳴かぬか　人の聞くべく

「もうまもなく夜明けだ。時期的にそろそろ鳴くはずだというホトトギス。まだ鳴かないのか。聞きたくて待っているのに」。

その日の明け方直前、ホトトギスが鳴いたかどうかは記録にありません。

桓武天皇、日本で初めて菊の花についての和歌を詠む

地球上で温帯に属し、春夏秋冬の四季のある日本は、それ

ぞれの季節にきれいな花が咲きます。このうち、秋の花としては菊が有名です。ただしその菊は日本で自生していた植物ではなく、中国大陸から伝えられたものです。伝えられた時期ははっきりしませんが、少なくとも『万葉集』をはじめ、奈良時代の記録には出ていません。つまり奈良時代にはまだ伝えられていなかったのだろうということです。

平安時代初めころになって和歌として詠まれ、この時期には伝えられていたことがわかります。記録にある限り、菊を最初に和歌に詠み込んだ人が、なんと桓武天皇だったのです。天皇が延暦十六年（七九七）十月十一日に皇居での私的な宴会で詠んだ、次の和歌があります（『類聚国史』巻七十五）。

このごろの　時雨《しぐれ》の雨に　菊の花
　ちりぞしぬべき　あたらその香《か》を

「最近の降ったり止んだりする雨で、菊の花が散ってしまいそうだ。そのよい香りがもったいないよ」。

桓武天皇、梅の花と雪を詠む

梅の木は、春とはいえまだ寒く雪が降る時期、他の花に先駆けて白や紅の花を開きます。その香りもうっとりするような甘さを伝えてくれます。そしてこの梅も日本自生の植物ではなく、中国大陸から伝えられたものです。初めは遣唐使などによって、薬用とされた実が伝えられたことから始まったようです。やがて苗あるいは種がもたらされて日本に広まりました。それは奈良時代のころからです。『万葉集』に梅に関する和歌が収められているので、そうと知ることができます。初めは白梅だけでしたが、やがて紅梅も広まり始めました。

平安時代に入った桓武天皇のころには、庭に梅の木を植えることも始まっていました。ただし、「梅と言えば白梅、その花びらは雪のようだ」と、梅と雪とを組み合わせた和歌が多く作られました。桓武天皇も延暦二十年（八〇一）正月四日にそのような和歌を詠んでいます。この日は雨や雪が降ったり止んだりする中で、私的な宴会を開いていました（『類聚国史』巻三十二）。

梅の花　恋ひつつをれば　降る雪を
　花かも散ると　思ひつるかも

「梅の咲く木の前であの女性を想っていると、降る雪がまるで梅の白い花びらが散っているような美しい雰囲気《ふんいき》になるよ」。

桓武天皇は、参加している五位以上の貴族たちにもその日の雰囲気に合うような和歌を詠ませ、それぞれ和歌のできばえに応じて褒美《ほうび》を与えています。

⑺ 桓武天皇の没

以上のように新しい都を作って政治的にいろいろな努力をし、また文化史的にも貢献した桓武天皇は、延暦二十五年（八〇六）三月十七日、七十歳で亡くなりました。

おわりに

本項は、桓武天皇の政治的活躍を追うことが主な目的ではなく、その詠んだ和歌にどのような思いが込められていたかの追究を目的としたものです。すなわち、一般的な史料には残りにくい、人間桓武天皇を知ることに重点がありました。

実際のところ、桓武天皇が詠んだ和歌で残っているのは六首だけです。加えてもう一首、桓武天皇は自分の思いを込めて古歌を口ずさみました。合わせて七首をもって本項を執筆しました。すると、一般的には奈良から京都に都を遷した天皇としてしか知られていない桓武天皇、せいぜい政治の邪魔になる奈良の仏教勢力を離れるために都を遷したとしか理解されていない桓武天皇の深い一面が見えてきました。青年時代・壮年時代の実力養成をもとに、大勢の貴族たちの支持を得て、皆で政治を進めようという意欲です。また政治家として重要な文化的感覚です。わずか七首の和歌ですが、その和歌の検討によって意欲ある桓武天皇の人間性が見えた、と筆者は考えています。

2 在原業平

～和歌の名人、政治的にも意欲的に活動～

★在原業平関係系図

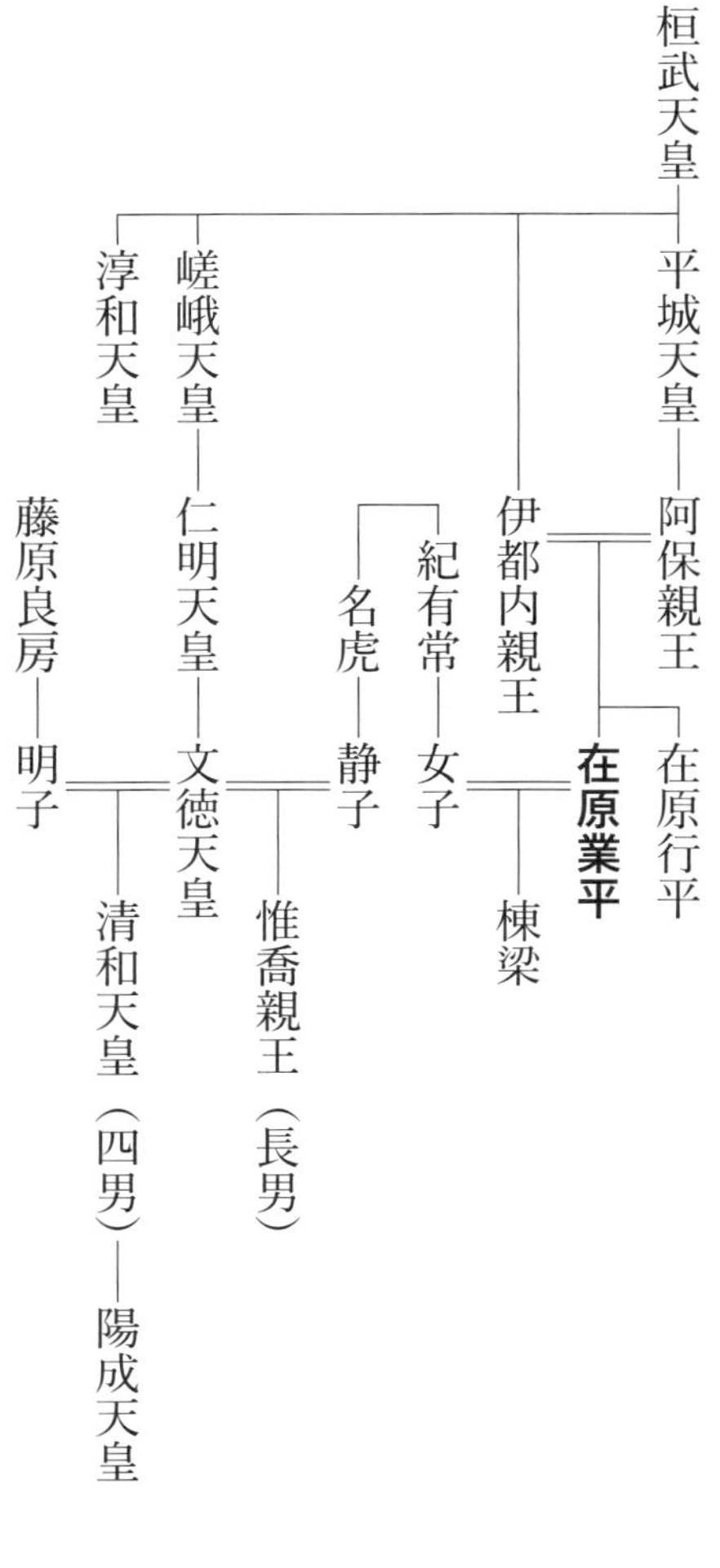
桓武天皇
平城天皇
阿保親王
在原行平
在原業平
伊都内親王
紀有常
女子
棟梁
名虎
静子
惟喬親王（長男）
嵯峨天皇
仁明天皇
文徳天皇
淳和天皇
清和天皇（四男）
陽成天皇
藤原良房
明子

はじめに

在原業平《ありわらのなりひら》は、平安時代の前半の和歌の名人として知られています。『古今和歌集』序文には六人の優れた歌人の一人として挙げられています（後世に「六歌仙《ろっかせん》」とされました）。また『伊勢物語《いせものがたり》』と題された、いくつもの短編で構成される歌物語集では、業平と思われる人物が主人公になっています。この『伊勢物語』は仮名で書かれ、『竹取物語《たけとりものがたり》』と並ぶ作られ始めたころの仮名文学《かなぶんがく》の代表作とされています。

他方、業平は折から政治的大勢力になりつつある藤原氏に圧迫され、和歌は上手だけれども政治的には不遇であったとする見方があります。政治的な立ち回りも下手だったというのです。しかし必ずしもそうではなかったのです。藤原氏との関係も悪くはなく、巧《たく》みに立ち回っていた気配です。

実際の業平はいかに活動し、どのように思っていたのでしょうか。それを業平の和歌を見ることで探っていきます。

(1) 在原業平の誕生と臣籍降下、結婚

桓武天皇の曽孫・平城天皇の孫として誕生、二歳で臣籍降下

在原業平は、天長《てんちょう》二年(八二五)に誕生しました。父は平城天皇《へいぜいてんのう》の第一皇子の阿保親王《あぼしんのう》で、業平はその第五子でした。平城天皇は本書の前項で取り上げた桓武天皇の息子ですから、業平は桓武天皇の曾孫ということになります。業平の母は、平城天皇の異母妹《いぼまい》である伊都内親王《いとないしんのう》でした。

そのころ阿保親王は政治的争いに巻き込まれて不遇な状況に陥っていました。九州の大宰府の長官である大宰帥《だざいのそち》にされて十数年、たまにしか京都に戻ってくることができない状況が続いていました。それで決心して当時の淳和天皇《じゅんなてんのう》に願い出、五人の息子に在原という姓を与えてもらい、皇族を離れた臣下にしてもらいました。つまり自分の息子たちは天皇になろうという意欲はありませんと、淳和天皇に忠誠を誓ったのです。それは業平誕生の翌年、つまり二歳の時でした。以後、信用された親王は京都の政界に復帰できて大いに活動し、最後には贈正一位《ぞうしょういちい》に叙されています。

紀有常の娘と結婚

業平の結婚相手の女性は、紀有常《きのありつね》という貴族の娘でした。有常は従四位下に叙された、業平とほぼ同等の地位の貴族でした。有常は業平の十歳年上で、二人はもともと親しく、以後も数十年にわたって親交を結びました。

結婚した業平は、当時の習慣により、夕方妻の家に行って朝早く帰るという生活を楽しく続けていました。

業平の夫婦喧嘩

ところがある時、夫婦喧嘩をしてしまいました。業平は、昼間に妻の家に来て夕方には帰る、しかし妻の部屋は訪れない、という当てつけがましい毎日を続けるようになったのです。妻の家は親友の家でもあり、その気楽さから勝手な行動を取ったのでしょう。

すると妻は堪らず、次の和歌を業平のもとに送ってきました（『古今和歌集』）。

あま雲の　よそにも人の　なりゆくか
　さすがにめには　見ゆるものから

「空の雲が流れていくように、夕方になるとあなたは遠く離れていってしまうのですね。でも妻の私の目にははっきりと見えるというのに」。

妻は、この和歌で「め」に「目《め》」と「妻《め》」を掛けています。妻は別れるつもりはなくて、「変なことをしないで、私の所に帰ってきてよ」と言っているのです。

すると業平は次のように返しました。

ゆきかへり　空にのみして　ふる事は
　わがゐる山の　風はやみなり

「行ったり来たりする雲のようにふらふらして山に降りないのは、その山の風がきつすぎるからですよ。奥さん、もう少しやさしくしてね」。

二人の間には棟梁《むねはり》という息子が生まれています。

(2) 四代の天皇に仕える

仁明天皇に仕える《天長十年（八三三）～嘉祥三年（八五〇）》

業平は、十代のころから、左近衛将監《さこのえしょうげん》という武官に任命されていました。さらに仁明天皇《にんみょうてんのう》の時代には天皇の側近くに仕える蔵人《くろうど》を兼ねて活躍しました。そしてこの仁明天皇に気に入られ、父の五男ながら嘉祥《かしょう》二年（八四九）に無位《むい》からいきなり従五位下という中級貴族に取り立てられました。二十五歳の時でした。

文徳天皇に仕える《嘉祥三年（八五〇）～天安二年（八五八）》

文徳天皇《もんとくてんのう》は病弱《びょうじゃく》で、あまり政治の表舞台に出ませんでした。業平は仁明天皇には好意を持たれましたが、その息子の文徳天皇には疎外《そがい》されてしまいました。それで朝廷の有力者たちに引き立ててもらうために、いろいろ努力をしました。そのころ権力を握っていた藤原良房《ふじわらのよしふさ》に手紙を送ったりしています。

ただ、そのような忙しい活動で母の伊都内親王を訪ねることもままならなかったようです。

業平、母からの和歌に返歌を送る

伊都内親王は天長十年（八三三）に母と死別、承和《じょうわ》九年（八四二）には夫（阿保親王）とも死別、嘉祥元年（八四八）には京都の自宅に落雷がありました。やがて山城国長岡（京都府長岡京市付近）の山荘で暮らすようになっていました。子どもは業平一人だけでした。淋しかった内親王は、ある年の十二月、危急のこととして業平に手紙を送りました。

母が急病になったかと驚いた業平がその手紙を開けてみると、文章はなくて和歌のみが記されていました（『古今和歌集』）。

老いぬれば　さらぬ別れは　ありといへば
　いよいよ見まく　ほしき君かな

「私はもう歳を取ってしまいました。こうなると避けられない別れが遠からずあるということですので、そう思えば思うほど、ますますあなたに会いたいですよ」とあったのです。

業平は、次の和歌を返事として送りました。

世の中に　さらぬ別れの　なくもがな
　千代《ちよ》もとなげく　人の子のため

「この世の中に避けられない別れなどなければよいのに、と思います。千年でも長生きしてほしいと、母との別れが来るであろうことを悲しんでいる人の子のために」。

急病ではなかったようなので、少しほっとした業平は、「今は忙しくて会いに行けませんので、もうしばらくお待ちください」との気持ちを込めて詠み送ったのです。

伊都内親王は貞観《じょうがん》三年（八六一）、六十二歳ほどで亡くなりました。それは次の清《せい》和天皇《わてんのう》の時代になっていました。

清和天皇に仕える《天安二年（八五八）～貞観十八年（八七六）》

文徳天皇は長男の惟《これ》喬親王《たかしんのう》を即位させたかったのですが、同じく自分の息子ながら四男の清和天皇を立てざるを得ませんでした。その母が藤原良房の娘で、良房の強力な後押しがあったからです。業平は、和歌に優れ人事もうまく捌《さば》けると、この清和天皇には好意を持たれて重用《ちょうよう》されました。

業平は清和天皇のもとで左兵衛権佐《さひょうえのごんのすけ》（左兵衛府の次官）・左近衛権少将《さこのえごんのしょうしょう》（左近衛府の次官）と、武官を務めました。貞観七年（八六五）には右馬頭《うまのかみ》（右馬寮《うまりょう》の長官）に移り、その四年後には正五位下に、さらにその四年後には二階級上の従四位下に昇任しました。

陽成天皇に仕える《貞観十八年（八七六）～元慶八年（八八四）》

業平は、最終的な位は従四位上ながら、陽成天皇《ようぜいてんのう》のもとでは蔵人頭《くろうどのとう》という要職に任命されています。それは元慶《がんぎょう》三年（八七九）、五十九歳の時でした。また業平の兄の行平《ゆきひら》も正三位まで昇って上級貴族の公卿《くぎょう》の仲間入りをしています。業平も兄弟も決して貴族の出世争いの狭間に沈み込んでいたのではないのです。一時的に不遇な時期があってもめげずに強力に押し渡り、他の同程度の貴族たちに比べればずっと栄えていたと言うことができます。

⑶ 藤原良房・基経との交流

藤原良房は、斉衡《さいこう》四年（天安元、八五七）に太政大臣《だいじょうだいじん》になっています。これは皇族以外の者が太政大臣になった最初です。また九年後の貞観八年（八六六）には摂政《せっしょう》になっていますが、これも皇族以外では初めてです。いわゆる人臣摂政《じんしんせっしょう》の最初です。さらに貞観十三年（八七一）には准三宮《じゅさんぐう》の称号を与えられました。これは太皇太后《たいこうたいごう》・皇太后《こうたいごう》・皇后《こうごう》に次ぐ尊敬すべき人という意味で、皇族以外に与えられました。その最初が、これも良房だったのです。

藤原良房との交流

清和天皇の天安二年（八五八）以降のことでしょう、業平は前太政大臣《さきのだいじょうだいじん》になっていた良房に次のような和歌を贈っています（『後撰和歌集《ごせんわかしゅう》』）。

たのまれぬ　憂《う》き世の中を　嘆きつつ
日かげにおふる　身を如何《いか》にせむ

「将来に見込みのない、辛《つら》く苦しいこの世を悲しく思いながら、日の当たらない場所に生《は》えた草のような我が身をどうしたらよいだろうと、途方に暮れています」。むろん業平は官位・官職を昇進させてください、と良房に頼んでいるのです。親しいとまでは言えないかもしれませんが、業平にとって良房はそのような私的な頼みを込めた和歌を贈れるほどの近さであったのです。

業平、藤原良房の支持を得る

そしてこの清和天皇の時代、実質的には藤原良房が政権を握っていた元慶三年（八七九）、上述のように業平は蔵人頭に任命されました。この職は天皇の意向を受けて貴族たちの支持を取りつけるべく、走り回る役です。業平は和歌が上手なだけでなく、そのような交渉能力があると判断されたのです。むろん、業平を蔵人頭に任命しようと最終的に判断したのは藤原良房でしょう。業平は苦労の末に藤原氏の支持を得るようになっていたのです。この業平に対する支持は、良房の息子でその後継者である基経《もとつね》の代になっても続きました。

業平、藤原基経の四十歳のお祝いの和歌を贈る

藤原基経は、良房が貞観十四年（八七二）に亡くなってから三年後の貞観十七年、京都九条《くじょう》にある自分の屋敷に関わりのある人たちを招き、四十歳になっ

たお祝いの会を開きました。その時、基経は従二位・摂政・右大臣・左近衛大将《さこんえのだいしょう》という官位・官職にいました。この会に招かれた五十一歳の業平は、次の和歌を詠んで基経に贈りました（『古今和歌集』）。

桜花　散りかひくもれ　老いらくの
　来むといふなる　道まがふがに

「桜の花よ、散り乱れてあたりを霞ませておくれ。『老い』がやってくると聞く道が花に紛れてわからなくなるように。基経殿に『老い』が来ませんように」。

⑷　業平、惟喬親王に仕える

業平が陽成天皇のころから親しく仕えた人物に惟喬親王という人物がいます。文徳天皇の第一皇子で、承和十一年（八四四）の生まれです。業平より十九歳の年下です。

不遇な惟喬親王

文徳天皇は自分の次の天皇にしようと強く期待していたのですが、前述したように四男の清和天皇（八五〇年生まれ）に譲らざるを得ませんでした。

惟喬親王の母は、業平の妻の従姉妹でもありました。その関係からか二人は親しくなっていたのです。

業平、惟喬親王と狩りをし、「あまの河」で酒宴

ある時、業平は惟喬親王のお供をして狩りに出ました。二人は狩りが好きだったのです。そして「あまの河」という川のほとりで馬を降り、酒宴を開くことになりました。「あまの河」というのは河内国交野《かわちのくにかたの》、現在の大阪府枚方市禁野本町《ひらかたしきんやほんまち》付近で、この枚方市と交野市の中を流れる「天野川《あまのがわ》」があります。天野川は淀川に注ぎます。

『古今和歌集』に、この時、惟喬親王が「狩りをしてまわり、天の河原に来た、という気持ちを込めて歌を詠み、酒を注いでくれ」と言われたので、業平が詠んだとして次の和歌が載っています。

狩り暮らし　七夕《たなばた》つめに　宿《やど》からむ
天の川原に　我は来にけり

「今日は一日狩りをしていて、とうとう日が暮れてしまいました。今晩は七夕の織姫《おりひめ》の所に泊めてもらいましょう。私たちは天の川（天野川）の河原に来てしまったのですから」。

惟喬親王と業平は、いかにも、「今日は一日中狩りをして、偶然、天の河原という趣《おもむき》深い地名の所へ来てしまったなあ」「ほんとうにそうですね、よい所ですね」といった雰囲気で話をしています。しかし、実際はそうではないのです。ここ「あまの河」には天皇家の鷹を使って猟をする狩場があったのです。歴代の天皇たちは狩猟が好きな人が多いです。部屋の中で事務的な仕事に明け暮れるよりは楽しいのでしょう。なんといっても狩猟は遊びですから。

天皇家の狩場

平安時代を開いた桓武天皇も延暦二年（七八三）十月十四日「あまの河」で「放鷹《ほうよう》遊猟《ゆうりょう》（鷹狩りをして猟を楽しんだ）」とあります（『続日本紀《しょくにほんぎ》』同日条）。業平のころでは、仁明天皇が承和十一年（八四四）二月二十五日に鷹狩りをしています（『日本三代《にほんさんだい》実録《じつろく》』同日条）。

以上のような背景のもとに、業平の「殿下、あまの河に狩りに行きませんか」という誘いに応じて惟喬親王が「いいね、よし行こう」ということになったのでしょうか。

ちなみに、この天皇家の猟場では、一般の人たちは狩りができなくなりました。その地域は「禁野《きんや》」と呼ばれました。現代の「あまの河」付近、すなわち「枚方市禁野本町」という地名は、まさしくそのような歴史を背負っているのです。

惟喬親王の出家

以上のように親しかった惟喬親王と業平でしたが、親王は貞観十四年（八七二）に病気を理由に出家《しゅっけ》し、比叡山《ひえいざん》の麓《ふもと》の小野郷《おののごう》（京都市左京区大原）あたりに住むようになりました。親王はまだ二十九歳でした。業平は四十八歳です。

翌年の正月、業平は新年のご挨拶に惟喬親王のもとを訪れました。雪がとても積もった道をやっとのことで親王の庵室《あんしつ》にたどり着き、親王の顔を見ると、たった一人、とても物悲しげな様子でした。

業平は帰宅してから次の和歌を贈りました（『古今和歌集』）。

忘れては　夢かとぞ思ふ　思ひきや
　雪ふみわけて　君を見むとは

「今のこの現実の様子を忘れて、昔の殿下と親しくお付き合いをしていたことを思い起こすと、現在は夢ではないかと思うのです。こんなに深い雪を踏み分けて、このような山の麓で出家された殿下にお目にかかるなんて」。

この和歌は、『伊勢物語』第八十三段には「業平が泣く泣く詠んだ」とあります。

そして『新古今和歌集』には、惟喬親王の次の返歌が掲載されています。

夢かとも　なにかおもはむ　憂《う》き世をば
　そむかざりけむ　程《ほど》ぞくやしき

「どうして、これは夢なのだろうか、などと思うだろうか。出家していなかったころこそ、悔やまれてならない」。

惟喬親王は寛平九年（八九七）に五十四歳で亡くなりました。

⑸ 業平の没

業平は元慶四年（八八〇）に六十六歳で亡くなりました。その前に病気になって体がだんだん弱くなっていった時に詠んだ歌があります（『古今和歌集』）。

つひにゆく　道とはかねて　聞きしかど
　昨日《きのう》けふとは　思はざりしを

「結局は行かなければならない来世への道とは知っていましたが、行くのがもう昨日や今日であるとは思ってもいませんでした」。

(6) 伝説化する業平

『伊勢物語』

『伊勢物語』は和歌を基にして作られた、百二十七の短編で構成される歌物語集です。そして業平と思わせる人物が主人公となり、その一代記的な内容になっています。それぞれの短編は、「むかし、をとこありけり（昔、ある男がいました）」という書き出しで始まります（全部ではありませんが）。内容としては、女性との交際や、京都ではうだつが上がらなくて東国へ下り、いろいろなできごとに出会う「東下《あずまくだ》り」の話などもよく知られています。実際に業平が詠んだ和歌がいくつも使われています。

『伊勢物語』の最初に出てくる和歌は、『新古今和歌集』にも業平が詠んだとして記されている次の和歌です。

かすが野の　若紫《わかむらさき》の　すり衣《ころも》
　しのぶのみだれ　限り知られず

「ここ春日《かすが》の里の若々しい紫草で染めたあなたの衣の、しのぶ摺《ず》りの模様が乱れているように、私の心はあなたへの恋を忍んで限りなく乱れています」。

「しのぶ」はシダ科の植物で、山地の岩や木に生えています。その色素を衣に摺りつけて、乱れたような模様にします。これを「しのぶもじずり」などといいます。

『伊勢物語』に示される業平の人間像

『伊勢物語』では、業平は和歌は上手だったけれども、政治的な活躍をするには能力不足で不遇だったとする人間像が示されています。

しかし業平の実像は、かなりの社交能力があり、朝廷でも活躍していたことは前述したとおりです。

『古今和歌集』の編集

『古今和歌集』は醍醐天皇《だいごてんのう》の命令によって、紀貫之《きのつらゆき》その他の人たちによって編集された日本で最初の勅撰和歌集《ちょくせんわかしゅう》です。序文が二つあります。仮名で書かれた「仮名序《かなじょ》」と漢文で書かれた「真名序《まなじょ》」です（「真名」とは漢字のことです）。

「仮名序」には、そのころの歌人六人を取り上げて紀貫之が批評を加えています。在原業平もこの中に入っています。

在原業平は、その心あまりて、言葉たらず、しぼめる花の、色なくてにほひ残れるがごとし。

「在原業平の和歌は、言葉が足りなくて情感がありあまっています。もうしぼんでしまった花の、色はなくなってしまいましたが、まだ香りだけは残っているといった気配です」。

この「仮名序」に取り上げられた六人は、鎌倉時代の初めごろから六歌仙と呼ばれ尊敬されるようになりました。しかしどのようなつもりか、紀貫之は六人全員にケチをつけています。

『日本三代実録』元慶四年五月二十八日条の業平評

『日本三代実録』の、業平が亡くなった日である元慶四年（八八〇）五月二十八日の記事に、

業平は体貌閑麗《たいぼうかんれい》、放縦《ほうしょう》にして拘《こだ》わらず。略《おおよそ》才学無し。善く倭歌《やまとうた》を作る。

「業平は美男で、気ままで物ごとにこだわらない性格です。あまり学問はないのですが、和歌を詠むことは上手です」とあります。

この記事も、業平は世渡りが下手であった、と思わせています。

おわりに

在原業平は和歌の名人として有名ですけれども、実生活すなわち朝廷では不遇の人物であった、社会的能力はあまりなかった、とされてきました。人は、「文学的能力がある者は実生活上の能力は弱いんじゃないか」とし、彼らに「文弱《ぶんじゃく》」の二文字を押しつけることが心地よかったのでしょう。現代においても、優れた文学者が政治の世界に乗り出して成功を収めると、皆に驚かれるといった傾向もあります。業平の場合も、この傾向で把握できるのではないでしょうか。もともと彼の身分は中級の貴族で、父の五番目の息子ですから、その中では社会的にもよくやっていたということなのです。

3 藤原頼通

~爽やか、友好的な人格で五十年もの政権を維持~

★藤原頼通関係系図

藤原道長

- **頼通**（母は源倫子、従一位左大臣源雅信の娘）従一位、摂政、関白、太政大臣
- 頼宗（母は源明子。従一位右大臣源高明の娘）従一位、右大臣
- 顕信（母同上）十九歳で出家
- 能信（母同上）正二位、太政大臣
- 教通（母は頼通に同じ）従一位、関白、太政大臣
- 長家（母は頼宗に同じ）正二位、権大納言
- 長信（母は正三位太政大臣源為光の娘）出家

はじめに

平安時代の中ごろは朝廷における摂関政治の全盛期でした。摂政や関白《かんぱく》が強い権力を握った時代です。その全盛期は藤原道長《ふじわらのみちなが》に始まり、息子の頼通《よりみち》・教通《のりみち》と、百年近くも続きました。中でも頼通は五十年も権力を握っていたのです。ただ朝廷の政治は、あくまでも太政大臣や右大臣・大納言《だいなごん》等の公卿二十人近くで構成される会議の、多数決で行なわれたのです。そのため、道長は息子たちや身近な親族で公卿を独占しようとしました。

しかし頼通は、他の貴族たちにも公卿にならせて政治に参加させる方法を取りました。それはなぜだったでしょうか。またそのためにどのような思いを込めた方法を取ったでしょうか。それを和歌を中心に見ていきます。

⑴ 藤原頼通の誕生

頼通、藤原道長の息子として生まれる

頼通は藤原道長の長男として、正暦《しょうりゃく》三年（九九二）一月に生まれました。道長は二十七歳、

いまだ正三位、権大納言《ごんだいなごん》になったばかりで、兄たちとの権力闘争の真っ最中でした。

道長、兄の道隆・道兼・甥の伊周と権力闘争

頼通誕生のころ、父道長の長兄の道隆《みちたか》は正二位摂政で藤原氏の氏長者《うじのちょうじゃ》、次兄の道兼《みちかね》も正二位内大臣でした。また道隆の嫡男（道長の甥）の伊周《これちか》も、すでに従三位権中納言ながら、その年のうちに正三位権大納言に昇っていました。

「氏長者」とは、諸貴族のそれぞれの惣領《そうりょう》のことです。特に藤原氏の氏長者は、莫大な荘園を受け継ぐ慣例でした。道長は摂政・関白への就任、氏長者の奪取を狙っていたのです。

藤原兼家
- 道隆（九九五年四月没）——伊周（九七四年生、九九六年失脚、五年後回復）
- 道綱
- 道兼（九九五年五月没）
- **道長**（九六六年生）——**頼通**（九九二年一月生）

頼通の母の源倫子《みなもとのともこ》は道長の正妻として扱われていました。上昇志向の強い道長は、兄たち・従兄たちとの権力闘争の中で、自分の後継者たるべき頼通を大切に育てていました。

⑵　爽やかな若者頼通

頼通の早い昇進

頼通の誕生後三年間、激しい権力争いの中で道長の長兄道隆・次兄道兼が病没、翌年の長徳《ちょうとく》元年（九九五）四月には道長が道隆の継子伊周との争いにも勝ち、伊周を大宰権帥《だざいのごんのそち》に追いやりました。引き続き翌月、道長は待望の内覧《ないらん》に任ぜられました。「内覧」とは摂政および関白に準ずる職で、朝廷を第一の権力者として導き始めたのです。

このような父の権力闘争の中で、頼通は和歌その他の貴族文化・教養を十分に身につけた若者として育ち、長保《ちょうほう》五年（一〇〇三）には早くも十二歳にして正五位下に叙せられています。続いて十五歳で従三位、公卿となりました。

爽やかな若者頼通

『紫《むらさき》式部《しきぶ》日記《にっき》』に、頼通十七歳の時のこととして次の話があります。本文の現代語訳です。

ある静かな夕方、紫式部が宰相《さいしょう》の君《きみ》（女性）と話をしていると、頼通殿が御簾《みす》の裾《すそ》の方を引き上げ、そこに座られました。年齢よりは落ち着いており、上品で美しい様子でした。

（頼通殿が）「人はやはり、心遣いというものがなかなか難しいですね」などと、世の中のできごとをしんみりとお話しされる様子に、「彼はまだ幼いよ」と噂《うわさ》する者がいるけれど、それは間違っている。とても立派な方だと思われました。そして馴《な》れ馴《な》れしくならない程度の時間で、

女郎花《おみなえし》　多かる野辺《のべ》に　宿りせば
　あやなくあだの　名をやたちなむ

「美しい女郎花が多い所で宿泊をしますと、実際はそうではないのに、浮名《うきな》が立ってしまいます」と立って行ってしまわれました。まさに物語で褒めているような、理想的な男性の感じがしました。

この和歌は、『古今和歌集』に収録されている歌人の小野美材《おののよしき》の作です。そして頼通は自分の教養の深さを示し、また紫式部たちを美女としておだて上げて去っていったのです。

『古今和歌集』にはこの和歌の前に、

秋の野に　宿りはすべし　女郎花
　なをむつまじみ　旅ならなくに

「秋に旅をするなら、野原で宿泊をするのがいいですよ。そこには『女』という名がついた女郎花が咲いていていて、まるで家庭にいるようで和《なご》やかな気持ちになり、辛い旅をしている気がしなくなりますよ」という和歌が置かれています。これは延喜元年（九〇一）に亡くなった蔵人頭藤原敏行《ふじわらのとしゆき》という人物の和歌です。小野美材の和歌は敏行の反歌の形を取っています。頼通は、当然、この和歌も知っていたはずです。

頼通は古歌によって紫式部たちを美女として褒め上げ、「もっとこの場所にいたいのだけれども、長く滞在すると噂が立ってあなた方が迷惑されるでしょう。ですからこれで失礼します」とあっさり立ち去ったのです。

紫式部たちは頼通の教養の深さと爽《さわ》やかさに「若いのによくできた人だ」と好感を持ったのです。

⑶　父道長の勢力拡大方針

藤原氏本流の中の本家争い

道長は、七世紀中ごろの大化《たいか》の改新《かいしん》で中大兄皇子《なかのおおえのおうじ》（天智天皇）を助けた藤原鎌足《ふじわらのかまたり》を先祖としています。その藤原氏は、京家《きょうけ》・南家《なんけ》・式家《しきけ》・北家《ほっけ》と通称された四つの家に分かれました。そのうち、北家が本流として勢力を持ち、奈良時代を経て平安時代に入ったのです。やがて藤原北家に生まれた藤原実頼《ふじわらのさねより》（九〇〇〜九七〇年）が「小野宮《おののみや》」を名字とし、藤原一族の本家として君臨しました。以後、今度は本流の中での本家争いが激しくなったのです。左に関係系図を示します。系図中の二種類の数字は、まず❶〜❸は本家たる小野宮の惣領です。①から⑨は実質的な藤原氏の惣領です。

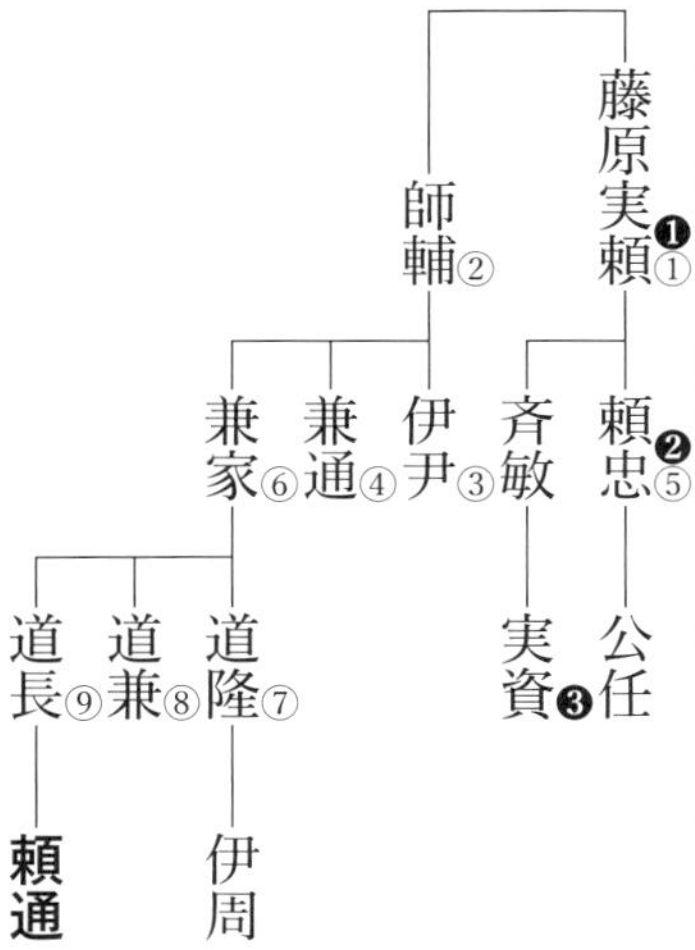

道長、近親者を多数公卿にする

朝廷の政策決定方法は、前述のように、公卿の会議の多数決です。道長は権力を握ると、息子たち（七人、ただしうち二人は出家）や孫たち、および近い親族をひたすら公卿にして多数派工作を進めました。道長が頼通を摂政として実権を譲った時、公卿二十一人のうち、なんと十九人が藤原氏でした。藤原氏の中の道長に近い親族で道長に反感を持っていたのは、小野宮を名乗っていた実資《さねすけ》でした。それは、彼が藤原氏全体の惣領だったからです。

藤原氏の惣領は自分だと思いながら、なれなかった藤原公任《ふじわらのきんとう》は、道長と同い年だったこともあって道長に近づいていきます。

道長の息子たちの争いが生まれる

しかし、出家した二人を除く五人の息子たちを全員公卿にした結果、兄弟の中で争いが起きるようになりました。自分こそ道長の後継者になりたいという者が出現したからです。それは長男頼通の同母弟教通です。教通はずっと頼通に抵抗し続けました。そして頼通ととても仲がよく、また頼通に忠誠を尽くし続けたのは一歳年下の異母弟頼宗《よりむね》でした。

⑷　頼通の勢力拡大方針

他氏族の味方を増やす

このような状況を脱するため、頼通は父と異なり、広く他の藤原氏や他氏族の者に協力を求めました。公卿会議の多数派を形成することはあくまで必要だったからです。これは成功しました。彼らも頼通に協力して権力を分けてもらったり、官位・官職を上げてもらったりしたかったのです。道長と対立していた小野宮流の実資は、頼通には一転、好意的でした。頼通は有職故実《ゆうそくこじつ》に通じた実資を尊敬して親交を求め、実資に師事して政治を運営したのです。これは「親しいふりをする」ということではなくて、頼通は本心から親しくしたかったとみるべきでしょう。そしてそのような能力があったからこそ相手も心を許し、大勢の協力者ができ上がり、天皇の外祖父《がいそふ》には一度もなれなかったのに五十年近い摂関政治を進めることができたのです。

和歌を詠む機会を多くする❶——大宰大弐を、梅の花を手掛かりに誘う

味方を集める方法でもっともよい方法は歌会《うたかい》あるいは歌合《うたあわせ》を行なうことでした。その場合、主催者も参加者も和歌を詠むことが上手であるにこしたことはありません。それも自分だけでブツブツ言っているのではなく、他人に呼び掛ける和歌を上手に詠むことが第一でしょう。

頼通が大弐三位《だいにのさんみ》という女性に贈った和歌があります。大弐三位は本名を藤原《ふじわらの》賢子《かたいこ》という歌人で、貴族の男性にとても人気がありました。実は彼女はかの紫式部の娘で

した。

頼通の屋敷は賀陽院《かやのいん》という、有名な大邸宅でした。もとは桓武天皇の息子賀陽親王《かやしんのう》の邸宅だったのです。親王没後、この邸宅の持ち主は転々としましたが、やがて治安《じあん》元年（一〇二一）、摂政藤原頼通がこの屋敷を大いに気に入り、敷地を二倍に広げて新たに豪華な寝殿造りの建物を造立《ぞうりゅう》したのです。

ある年の春、頼通は賀陽院に咲いた梅の枝を折って大弐三位に贈りました（『新勅撰和歌集』）。すると大弐三位はお礼に次のような和歌を送ってきました。

いとゞしく　春のこゝろの　そらなるに
　また花のかを　身にぞしめつる

「ただでさえ春の心は上《うわ》の空になりますものですのに、その上お贈りいただいた御宅の庭の梅に花の香りに包まれ、またいっそう上の空になってしまいましたわ」。

この和歌に対し、頼通は次のような返歌を贈りました。

それならば　たづねきなまし　梅の花
　まだ身にしまぬ　にほひとぞみる

「そのようなことなら私の家に訪ねてきたらいいじゃありませんか。まだ梅の花を見足りなくて、その香りがしっかりと身についていないようですから」。

頼通は大弐三位をたくみに誘っているのです。この和歌は、頼通の代表作の一つに数えられています。

和歌を詠む機会を多くする❷――ホトトギスはどこへ行ったのか？

あるいは、次のような和歌もあります。これは女性を誘っている和歌ではありませんが、同じく頼通の代表作の一つに数えられています。夜を徹してホトトギスの声を待ち、やっと聞こえたと思ったら、その一声だけであとは聞こえなくなりました。あのホトトギスはどこへ行ったんだろう、という気持ちを込めた和歌です（『新拾遺《しんしゅうい》和《わ》歌集《かしゅう》』）。

有明《ありあけ》の　月だにあれや　ほととぎす
　ただ一声の　ゆくかたを見む

「もう明け方近くなって月も西の空の山に沈み、真っ暗になってしまった。せめて月さえ空に残っていてくれれば、一声しか鳴かずどこかへ飛んでいってしまったホトトギスの行方《ゆくえ》を探せるのに」。

ホトトギスは貴族たちにもっとも人気のある鳥の一種です。

歌会や歌合など歌を詠む会を開くことは、勢力を伸ばすもっともよい方

頼通主催の歌会での和歌❶——赤染衛門の和歌

法でした。頼通は何度も歌会を開いています。「歌会」とは、単に和歌を詠み合う会ではありません。主に主催者がテーマを与えて、参加者が二手に分かれて和歌のできばえを競い合い、勝ち負けを決める、という会です。緊張感もあって貴族たちがとても好んだ遊びです。

ある時、頼通は自分の賀陽院で「三十講」という法要を行ないました。これは『法《ほ》華《け》経《きょう》』・『無量寿経《むりょうじゅきょう》』・『観無量寿経《かんむりょうじゅきょう》』を合わせた三十巻について僧侶に講演をしてもらう法要です。三十日間、または十五日間もかけるのです。終わって、歌会がありました。テーマは「月の心」でした。ある女性が詠んだ和歌が「一番の歌」と判定されました（『新拾遺和歌集』）。

宿からぞ　月の光も　まさりける
よのくもりなく　すめばなりけり

「この邸宅から見ているので月の光もいちだんと美しいです。それは今夜の月は雲がかかることなく澄んでいるように、ここには欠点もなく立派に政治を行なう人が住ん

でいるからです」。

この和歌の作者は赤染衛門《あかぞめえもん》という女性で、これまた有名な歌人でした。藤原道長の妻の源倫子（頼通の母です）とその娘の彰子《あきこ》（一条天皇《いちじょうてんのう》の皇后で、後一条天皇《ごいちじょうてんのう》と後朱雀天皇《ごすざくてんのう》の生母です）に仕えていました。

頼通主催の歌会での和歌❷——住吉大社へのお礼参りの和歌

また同じく頼通の屋敷で行なわれた歌会で、勝った組の貴族たちが大阪の住吉大社《すみよしたいしゃ》に参詣し、そこでも和歌を詠み合っています。そのころ歌会で勝った人たちは住吉大社にお礼参りに行くのが慣例だったのです。式部大輔《しきぶのたいふ》資業《すけなり》は、次の和歌を詠みました。それは長元《ちょうげん》八年（一〇三五）五月二十二日であったことがわかっています（『詞花和歌集《しかわかしゅう》』）。

住吉の　波にひたれる　松よりも
　神のしるしぞ　あらはれにける

「住吉の浦の波に浸っている松が波に洗われるより、もっとはっきりと住吉の神にお願いしたご利益《りやく》が顕《あらわ》れたのだなあ」。

さらに、能因法師《のういんほうし》という和歌で知られた僧侶も頼通の屋敷での歌会に招かれ、次の和歌を詠んでいます。同じく長元八年（一〇三五）のことです（『詞花和歌集』）。

頼通主催の歌会での和歌❸──能因法師の和歌

君が代は　しら雲かゝる　筑波嶺《つくばね》の
　みねのつゞきの　海となるまで

「あなた（頼通）の寿命は、白雲のかかっている筑波山の峰々の連なりが海に変わる時まで、きっと続きます」。

筑波山が海になることは永久にありません。ですからあなたの寿命は永久に続きますと、能因法師は頼通を言祝《ことほ》いでいるのです。

⑸　頼通と頼宗との親しさ

頼通と特に親しい異母弟頼宗

頼通は、異母弟ながら一歳年下の頼宗ととても親しくしていました。ある秋の初めころ、その頼宗が他の貴族たちと共に頼通のお供をして、京都郊外の愛宕郡白川《おたぎぐんしらかわ》（白河。現在の京都府左京区）に行きました。その場所で頼通は貴族たちに、「ここの白川は東国の白河を思わせます。そこの関所を越えていく人たちのことを念頭に置いて和歌を詠みましょう」と声を掛けたのです。

「白河の関」は陸奥国《むつのくに》安達郡《あだちぐん》にあった関東との境の関所で（福島県二本松市《にほんまつし》付近）、よく知られた名称でした。実際には行ったことがなくても、行った気分で詠んだ貴族の和歌はたくさん残っています。頼宗は次の和歌を詠みました、

関こゆる　人にとはばや　みちのくの
　安達のまゆみ　もみじにしきや

「白河の関を越えてくる人に尋ねましょう、陸奥の安達のまゆみはもう紅葉で美しくなっているでしょうかと」。

「まゆみ」はニシキギ科の植物で、秋になると紅葉が美しいのです。古くは、まゆみの木から弓を作りました。そのことから「まゆみ（真弓）」と呼ばれるようになったといいます。

季節は秋の初めで紅葉はまだまだで、その美しさが待たれていたのでしょう。頼宗は、秋が早い北方の白河の関所付近ではもう紅葉がきれいでしょうかね、と関を北か

ら南に越えてきた人に問い合わせる風情《ふぜい》を思い浮かべて和歌に詠んだのです。頼通も歌会に招かれた人たちも感動したことでしょう。

頼宗、頼通に置いてけぼりにされる

ところがある日、次のようなできごとがありました。この日、頼通は貴族たちを誘ってお花見に出かけました。当然、そのあとで楽しい宴会や和歌の会があります。ところがいつも必ず誘う頼宗のもとには、お花見の声が掛からなかったのです。それを早速知らせてきた人がいたのでしょう。頼宗は「嫌われたか？」と驚きました。頼通に嫌われたのなら自分と妻、および男子六人・女子四人、使用人も全滅です。

押し掛けていくわけにもいかず、かといって頼通になんらかの意思表示をしないわけにもいかず、考えた頼宗は次の和歌を頼通に贈ったのです。

身を知らで　人をうらむる　こゝろこそ
　散る花よりも　はかなかりけれ

「自分の身の程もわかっていなくて他の人をうらむ心の方が、きれいに咲いてもはかなく散る花よりはかない思慮のないものだと、よくわかりました」。

この和歌の心は、次のようなことになるでしょう。「私は兄上の政治運営にずっと協力してきました。それで本日、いつものように兄上の和歌の会にお招きいただかなかったのはどうしてかと、少し恨みに思いました。でもこれはきっと兄上の政治運営を絡めた深い理由があるのでしょう。身の程知らずに、いつも誘ってもらえるものとばかり思っていた私は、やはり兄上より思慮が劣っているのですね」と、「今は恨みに思っていません。今後ともお付き合いをよろしくお願いします」、このような心が込められているのです。頼宗は必死だったのです。

頼宗が招かれなかった理由は、結局、不明です。ただこれ以後、仲たがいした気配はありません。

(6) 頼通の没

頼通、五十年間の政権掌握

頼通は長和《ちょうわ》六年（一〇一七）に父道長から政権を譲られて摂政に就任してから五十年間、治暦《じりゃく》三年（一〇六七）に関白を辞めるまで権力を握り続けました。

頼通の没

頼通は、永承《えいしょう》七年（一〇五二）、山城国宇治《うじ》の別荘を平等院《びょうどういん》鳳凰堂《ほうおうどう》として建立《こんりゅう》していました。彼は延久《えんきゅう》四年（一〇七二）に出家して、そこに隠《いん》遁《とん》し、延久六年（一〇七四）二月二日に八十三歳で亡くなりました。

おわりに

藤原道長は自分の娘三人が天皇の中宮《ちゅうぐう》となり（一条天皇中宮、三条天皇中宮《さんじょうてんのう》、後一条天皇中宮）、彼女らから生まれた皇子三人が天皇として即位しました（後一条天皇、後朱雀天皇、後冷泉天皇《ごれいぜいてんのう》）。道長はその天皇たちの外祖父として権力を握ったのです。また息子や近い親族を公卿に引き上げて自分の周囲を固めました。

しかし頼通は、近い親族のみならず、多くの氏族たちの支持を得るべく努力しました。その手段として公的・私的の歌会をひんぱんに行なったのです。それは成功して五十年にもわたって政権を維持することができました。本項はその和歌を通じての権力維持を見たものです。彼は包容力のある、敵を作らない、好ましいと人に思われる人格でした。

4 紀貫之

～貧乏貴族、ただし宇多天皇に助けられて和歌文化を確立させる～

★紀貫之関係系図

紀本道——望行——**貫之**

はじめに

紀貫之《きのつらゆき》は和歌の名人、『古今和歌集』編纂者として有名です。『土佐日記《とさにっき》』を書いた人でもあります。当時、日記は男性が漢文で書くものでしたのに、貫之は女性のふりをして仮名で書いたのです。その後、女性の間でも仮名の日記や文学が盛んになりました。紫式部の『源氏物語《げんじものがたり》』、清少納言の『枕草子』、右大将道綱母《うだいしょうみちつなのはは》の『蜻蛉日記《かげろうにっき》』などが代表的作品です。

貫之は貴族とはいえ、低い身分の貧乏貴族でした。高い身分の貴族は、正式には「貴《き》」と呼ばれました。位は正一位から従三位までです。次は「通貴《つうき》」で、位は正四位上から従五位下までです。昔は朝廷の給料は官職ではなくて官位に応じて与えられました。「貴」は莫大な額の給料が、「通貴」はぐっと少なく一家が生活できる程度の給料、といったところでした。それ以下の位の者は何かのアルバイトをしなければ生活できませんでした。貫之が「通貴」の最下位である従五位下に叙されたのは、なんと五十二歳の時でした。当時の平均寿命は四十二、三歳ですから、それを過ぎること十年も経ってから、やっと給料で生活できるようになったのです。

貫之はどのような思いで和歌を詠み続けていたか、本項ではそれを探ります。

(1) 紀貫之の誕生と和歌の学び

貫之は平安時代初期の貞観八年（八六六）に生まれました。貞観十四年（八七二）の生まれという説もあります。祖父は下野守《しもつけのかみ》であった紀本道《きのもとみち》という人物です。下野守は従五位下相当の官職ですから、中級貴族の最下位です。それが生涯でもっとも高い官職ですから、生活はそれほど楽ではなかったでしょう。父は紀望行《きのもちゆき》という人物であったといいますが、官位官職も含めて、どんな人であったかわかっていません。

母は妓女

母は朝廷の儀式等で舞《まい》を舞う妓女《ぎじょ》で、身分の低い女性でした。

阿古久曽丸

貫之の幼名は阿古久曽丸《あこくそまる》といったそうです。「阿古」は「我《わ》が」で、「久曽」は「糞《くそ》」すなわち「うんこ」です。すなわち「私のうんこ」というのが貫之の幼名です。昔、排泄物《はいせつぶつ》には魔物を防ぐ呪力があると考えられていたといいます。それにしてもすごい名前です。皆に好かれる名前でしたら、多くの史料に記録があってもおかしくはありません。でも筆者は貫之関係の史料以外には見たことがありません。

貫之、和歌で注目される

貫之は和歌を学び、その能力で注目されるようになりました。彼の母が妓女であったことにより、その世界で必要であろう歌のメロディ感覚が養われ、和歌を詠む力も養われたということはなかったでしょうか。和歌は声に出して五・七・五・七・七の音で表現するものですから。

(2) 宇多天皇、貫之を後援する

貫之、『源氏物語』に登場

貫之は紫式部の『源氏物語』に登場します。この物語には実在の人物はほとんど登場しません。ただ退位後の宇《う》多《だ》天皇《てんのう》、および貫之、さらに伊勢《いせ》という女性の三人だけが登場するのです。それは『源氏物語』第一巻「桐壺《きりつぼ》」の中で、「帝」が愛する更衣《こうい》（光源氏《ひかるげんじ》の母。「更衣」は天皇の妃《きさき》で、皇后、女御《にょうご》に次ぐ身分の女性）を亡くした悲しみの中、朝夕「長恨歌《ちょうごんか》」の絵を眺め、貫之や伊勢の和歌で別れの筋ばかりのものを口癖にしていたとあるのです。

宇多天皇、貫之を政治的にも後援する

「長恨歌」は中国の玄宗皇帝《げんそうこうてい》と楊貴妃《ようきひ》の悲劇を歌ったものです。宇多天皇はその絵の中に、伊勢に命じて和歌を書き添えさせました（『伊勢集』）。たしかに貫之と伊勢は宇多天皇のお気に入りでした。そして宇多天皇は、譲位後も含めて、貫之の政治的後ろ盾になってくれていました。

宇多天皇の御所での歌会

宇多天皇は多くの歌会、歌合を主に亭子院《ていじのいん》と呼ばれた天皇の御所で主催し、貫之や伊勢その他多くの歌人に和歌を詠ませていました。貫之が亭子院の歌合で詠んだ和歌には次のようなものがあります（『古今和歌集』）。この和歌では風に舞っている桜の花びらを、空に立つ白い波に見立てています。

さくら花　ちりぬる風の　なごりには
　水なき空に　波ぞたちける

「桜の花は風が吹いて散ってしまいました。その風が去ったあとにも、水のない空にしばらくの間桜の花びらが残って、白い波が立っているようですよ」。

現代の桜とは異なる色の平安時代の桜

現代の桜の花の色は、江戸時代の終わりころ作られた染井吉野（ソメイヨシノ）や、現代に作られた河津桜（カワヅザクラ）に代表される濃いピンク色が特色です。しかし、絵巻物などに描かれた平安時代から鎌倉時代の桜の花を見ると、もっと白に近い薄いピンク色です。白い波にたとえられてもおかしくはありません。

(3)『古今和歌集』の編纂

宇多天皇の熱意

最初の勅撰和歌集である『古今和歌集』は宇多天皇の熱意によって企画が進められました。編集者は数人いたのですが、その中心的存在であったのが紀貫之でした。これも宇多天皇が貫之の和歌を詠む力と、和歌に関する文化論を高く評価していたからです。この企画が『古今和歌集』の完成として結実したのは、息子の醍醐天皇の代になってからでしたが、宇多天皇の功績は現在に至るまで高く評価されています。

貫之、『古今和歌集』の「仮名序」を書く

貫之は、完成した『古今和歌集』の序文を書くという栄誉を与えられました。その原文は「仮名序」と通称されています。全体がほぼ平仮名で書かれ、句読点はありません。実際のところ、読みにくいので、次に漢字混じりの平仮名で最初の部分を記し、現代語訳しました。

やまとうたは、人の心を種として、万《よろず》の言《こと》の葉《は》とぞなれりける。世の中にある

人、ことわざ繁《しげ》きものなれば、心に思ふ事を、見るもの聞くものにつけて、言ひ出せるなり。花に鳴く鶯《うぐいす》、水に住む蛙《かわず》の声を聞けば、生きとし生けるもの、いづれか歌をよまざりける。力をも入れずして天地《あめつち》を動かし、目に見えぬ鬼神《きじん》をもあはれと思はせ、男《おとこ》女《おんな》のなかをもやはらげ、猛《たけ》き武士の心をも慰《なぐさ》むるは、歌なり。

「日本の歌は人が思うことを種にして、その種が成長して木になり多くの葉になっていくように、無数の言葉そして和歌になっていくのです。世の中に生きている人は、いろいろと対応すべきことが多いので、見ることや聞いたことについて心の中で思うことを和歌で示します。梅の花でホーホケキョと鳴く鶯や、小川に住む蛙のケロケロという声を聞けば、私たち人間はどうして感動して和歌を詠まないことがありましょうか。力さえ入れずに天地を動かすことができ、目で見ることのできない魂《たましい》や神を感動させ、男と女の心も結びつけ、勇猛な武士の気持ちでさえも優しくさせるのは和歌なのです」。

『古今和歌集』の「真名序」

『古今和歌集』には「真名序」（漢字で書かれた序文）もあり、これは紀淑望《きのよしもち》という人物が書いたものだとか、貫之は「真名序」を手本にして「仮名序」を書いたとか、「真名序」は後世に書かれたものだとか、いろいろな説があります。つまるところ、「仮名序」と「真名序」の関係については確定していません。

「仮名序」の日本文化への大きな功績

ただ貫之の「仮名序」に記された和歌論は、日本文化を考える上で後世に多大の影響を与えました。それは現代にも至っていますので、貫之の功績は大きく貴重なものがあります。

しかし貫之の心については、褒められるべきことばかりでもないようです。それは次の挿話で伺えます。

『古今和歌集』と『百人一首』に出る貫之の和歌

貫之の和歌は、次の『百人一首』に出ている和歌が有名です。大和国の長谷寺《はせでら》（奈良県桜井市初瀬《さくらいしはせ》）付近で梅の香りを楽しんだ時に詠んだ和歌です。

人はいさ　心も知らず　ふるさとは
花ぞ昔の　香ににほひける

「さあねえ、あなたは私のことを思っていてくれたかどうかはわからないけれど、昔からなじみの深いこの場所の梅の花は、心変わりもせず、以前どおりの香りを漂わせてくれていますね」。

この和歌について、『古今和歌集』の詞書《ことばがき》に、

初瀬に詣づるごとに宿りける人の家に、久しく宿らで、程へて後にいたれりければ、かの家の主人《あるじ》、かく定かになむ宿りは在る、と言ひ出して侍りければ、そこに立てりける梅の花を折りて詠める。

「長谷寺に参詣するごとに宿泊していた人の家がありました。近年はしばらくその家に泊まらずに、他の人の家に泊まっていました。今回、久しぶりに泊めてもらおうと思ってその家を訪ねました。するとその家の主人は、『私はずっと心変わりせずこの家にいてあなたを待っていたんですよ、どうして来てくれなかったんですか』と皮肉っぽく言います。そこで貫之は、庭先の梅の枝を折り、『この梅は心変わりせず、ずっと同じ香りで私を待っていてくれていたようですよ』と、相手の話をひっくり返した返事をしました」とあります。

批判されるべき貫之の応答

この返事の仕方については、「主人の恨みごとをひねり返すような機知を働かせた当意即妙《とういそくみょう》の挨拶歌である」

とか、「さすが貫之は『ウイットに富んでいる』」、「気の利《き》いた返しをする」、「小粋《こいき》に切り返した」、『『ダンディ』な雰囲気を示した」とか好意的に評価されることが普通です。

「ウイット」とは「その場に応じて機転の利いた反応ができること」という意味で、「ダンディ」とは「むとんちゃくを装い、洒落《しゃれ》て垢抜《あかぬ》けた様子に陶酔《とうすい》すること」です。

しかし貫之の相手の宿の主人は、「なんでしばらく来なかったの？　梅が咲く時期には待っていたのに。心変わりしていたんですね」と、冗談交じりにして貫之を咎《とが》めたのです。しかし貫之は「あんたの気持ちだってわかるもんか。心変わりしないこの梅と違って、私を悪く思っていたんじゃないのか」と、主人が大事にしている梅の枝を勝手に折って、和歌を突きつけたのです。

でも貫之がすべきは、せいぜい、「いや悪かったね、しばらく来なくて。またよろしくね」とにこやかに言うべきことだったのではないでしょうか。それに、泊まりに来ない貫之のことを主人がおもしろくなく思っていても、貫之が咎めるべきことではないでしょう。主人の期待を裏切り続けていたのですから。

ちなみに『貫之集』にはこの貫之の問いかけに、主人が答えたという和歌を載せています。

宿の主人の和歌

花だにも　おなじ心に　咲くものを
植ゑたる人の　心しらなむ

「梅の花でさえ昔と同じ心で咲いていますのに、ましてその木を植えた私の心が変わってなどいないことを、あなたは知らないのですか」。

心変わりしていた貫之よりも、泊めてあげる主人の方が悪いとされてしまい、主人はいい面の皮でした。

『古今和歌集』編者のひとり紀友則の没

貫之の叔父または従兄弟に、紀友則《きのとものり》という人物がいました。四十歳くらいまで官位がなく、それから与えられたのは六位ですから、まったくの下級貴族です。本来ならば「貴族」とも言えない存在です。しかし和歌を詠む能力には優れていて、それを宇多天皇に認められ、『古今和歌集』の編者の一人に指名されました。

『古今和歌集』には友則の和歌が四十五首も載っていますが、その中で現代に至るまでもっともよく知られているのが次の和歌です。

久方《ひさかた》の　ひかりのどけき　春の日に
　しづ心《（静）》なく　花のちるらむ

「こんなに穏やかにのんびりと陽の光が照らしているのに、どうして桜の花は落ち着いた心がなく散っていくのだろう」。

この和歌は『百人一首』の一つで、中学校の国語の教科書にも取り入れられています。この他、友則の和歌は合わせて六十四首、『後撰和歌集《ごせんわかしゅう》』や『拾遺和歌集』などの勅撰和歌集に入っています。

友則は二十七歳ほど貫之の年上だったようで、貫之は頼りにしていました。その友則は延喜七年（九〇七）に六十三歳くらいで亡くなりました。

貫之、紀友則を悼む

友則が亡くなった時、貫之は次のような和歌を詠み、遺族に贈ってその死を悼みました。『古今和歌集』に詞書とともに載せてあります。

明日しらぬ　わが身と思へど　暮れぬ間の
　今日は人こそ　かなしかりけれ

「私自身、明日は生きているかどうかわかりませんし、もうまもなく人生の暮れになるかもしれません。しかしまだ暮れていない今日のただいまは、友則殿が亡くなったことが悲しくて、他のことを考える余裕がありません」。

(4) 貫之、『土佐日記』を書く

貫之、土佐守に任命される

貫之は、延長《えんちょう》八年（九三〇）、土佐守《とさのかみ》に任命されました。もう六十五歳になっていました。貫之が無位から初めて従五位下の位を与えられたのは、この時から十三年前の延喜十七年（九一七）、五十二歳の時でした。四十歳の時に『古今和歌集』の編纂を完成し、和歌では押しも押されぬ権威者になっていましたが、ずっと無位だったのです。官職は断続的に与えられていたとはいうものの、貴族の給料は官職ではなく官位によって与えられるのですから、アルバイトで生活せざるを得ず、貫之の日常は苦しかったのです。むろん、貫之の得意なアルバイトは和歌の代作です。

例外的に特別給がもらえる国司

ところが、朝廷の官職で例外的に給料をもらえるものがありました。その一つが国司《こくし》です。貴族たちはあまり地方へは行きたくないのですが、任期四年間の特別給は保証されますし、身分の低い貴族たちは喜んで任国《にんごく》に下りました。この時には妻も同行する慣例でした。一般的には夫は妻の家に入って生活し、任務で遠方に行く時も妻は同行しません。ただ夫が国司に任命された時のみ、共に任地に下り、国府《こくふ》に設定された屋敷に住んで夫の任務が十分に果たせるよう、日常生活を取り仕切ることになっていたのです。

貫之は土佐守に任ぜられた時、彼の妻は妊娠していて、旅の出発直前の京都で出産しました。女の子でした。貫之は妻の体調が回復してから、その女の子も連れて任地に到着しています。貫之の妻ははっきりとはわからないのですが、この時の妻は貫之よりずっと若い女性だったことでしょう。

貫之、『土佐日記』を執筆する

承平《しょうへい》五年（九三五）、貫之は土佐守の任務を終えて帰京しました。のちにこの土佐国に赴任したことをもとにして書いたのが『土佐日記』です。その最初にある次の文章は有名です。

男もすなる日記といふものを、女もしてみむとてするなり。

「男も書くという日記というものを、女の私もしてみようと思って書くのです」。

そのころまで、日記は貴族の男性が書くものでした。またそれは漢文で書きました。その内容は、自分の子や孫が朝廷で活躍する時に失敗しないように、慣行や記憶に残しておくべきできごと、人物の様子などを書いたのです。旅日記などは論外で、書きません。

貫之は身分が低く、土佐国の必要性も弱いと判断したのでしょうか、政治的なことでない旅日記を、女性といつわって平仮名で書いたのです。驚くべきことではあったのです。

⑸ 貫之、幼女を喪う

貫之の娘が土佐で亡くなる

ところが貫之は、京都で生まれて連れてきた女児を、赴任中の土佐で喪《うしな》ってしまいました。悲しみながら帰京し、その後も悲しみは癒えることはありませんでした。貫之にはすでに時文《ときぶみ》という息子と紀内侍《きのないし》という娘がいましたが、六十五歳にもなって儲《もう》けたのがこの女児でした。年取ってから儲けた子どもはよけいにかわいい、という話もあります。貫之は悲しく、また苦しかったことでしょう。『土佐日記』にそのことを次のように述べています。

思ひ出《い》でぬことなく、思ひ恋しきがうちに、この家にて生まれしをんな子の、もろともにかへらねば、いかがは悲しき。舟人《ふなびと》もみな、子たかりてののしる。かかるうちに、なほ悲しきにたへずして、ひそかに心知れる人といへりける歌、

「土佐国に行く前に京都のこの家で過ごした日々を恋しく思い出さないことはありません。その中で、この家で生まれて土佐国へも連れていった女の子がその国で亡くなってしまいました。ですから一緒に帰ってくることはできませんでした。こんなに悲しいことはありません。帰国途中で乗った舟の船頭たちにも子どもがいて、皆で集まってわいわいと騒いでいました。

　そのような中で、さらに悲しさに耐えられず、妻とその気持ちを込めた和歌を詠み合いました」。

貫之の幼女を悼む和歌

　次に記すのは、この時に貫之が詠んだ和歌です。

生まれしも　かへらぬものを　わが宿に
　小松のあるを　見るがかなしさ

「この家で生まれた子が帰ってこないのに、庭に新しく生えた小さな松があるのを見

るのはとても悲しい」。
また、次の和歌も詠んでいます。

見し人の　松の千《ち》とせに　見ましかば
　遠く悲しき　別れせましや

「亡くなった子が、この千年の寿命があるという松の木のように、いつまでも側にいてくれたら、遠い土佐国などで悲しい別れをせずにすんだのに」。
さらに、『今昔物語集《こんじゃくものがたりしゅう》』や『宇治拾遺物語《うじしゅういものがたり》』に次の和歌も収められています。

みやこへと　思ふをものの　悲しきは
　帰らぬ人の　あればなりけり

「やっと都へ帰れるかと思うとうれしいはずなんだけれど、悲しくてたまらないのはもう帰ってこないあの子がいるからだ」。

⑹　貫之の没

天慶《てんぎょう》八年（九四五）五月、貫之は八十歳という高齢で亡くなりました。二年前には従五位上の官位を与えられていました。

おわりに

貫之は、和歌の歴史の中でもっとも敬意を表されてきた人物と言うことができます。自分たちが編纂したとはいうものの、『古今和歌集』には貫之の一〇一首という最大の数の和歌が収録されています。さらにその後も合わせると、勅撰和歌集には四三五首が収録されているのも最大の数です。和歌は単なる文化的な行ないであるだけではなく、政治的に重要な役割を果たすとして平安時代以降の社会に尊重されていきました。貫之は、その理論的根拠を『古今和歌集』「仮名序」で明確に示したのです。

貫之が貴族たちに尊重されていたことは、天慶六年（九四三）、大納言藤原師輔《ふじわらのもろすけ》が父の太政大臣藤原忠平《ふじわらのただひら》にもらった正月用の品物のお礼を返す時に添える和歌の代作を貫之に依頼するため、わざわざ極端に身分が違う貫之の屋敷を訪れたということでもわかります。

のちのことですけれども、師輔の娘安子《やすこ》が村上天皇《むらかみてんのう》の女御となって産んだ二人の皇子は、冷泉天皇《れいぜいてんのう》・円融天皇《えんゆうてんのう》として即位しています。

そして貫之が初めて官位をもらえたのは五十二歳にもなってから、しかもそれは貴族と認められる最下位の従五位下でした。生涯で最高の官位をもらったのは、それから二十八年後の天慶六年一月七日で、貫之はもう八十歳になっていました。それも五十二歳の時にもらった官位のたった一つ上、従五位上にしか過ぎませんでした。当時の平均寿命は四十二、三歳です。その二倍をかけて貴族の和歌のために尽くし、高く評価されたとされているわりには報われない人生でした。

なお貫之の伝記を見ていくと、最終的には従二位を贈られたとあります。しかしこれは明治時代になってからのことです。

5　菅原孝標女
〜『更級日記』の著者の淋しい人生〜

★菅原孝標女関係系図

注１：【　】内の人物が菅原孝標女

注２：●印は菅原孝標とともに上総に下った者

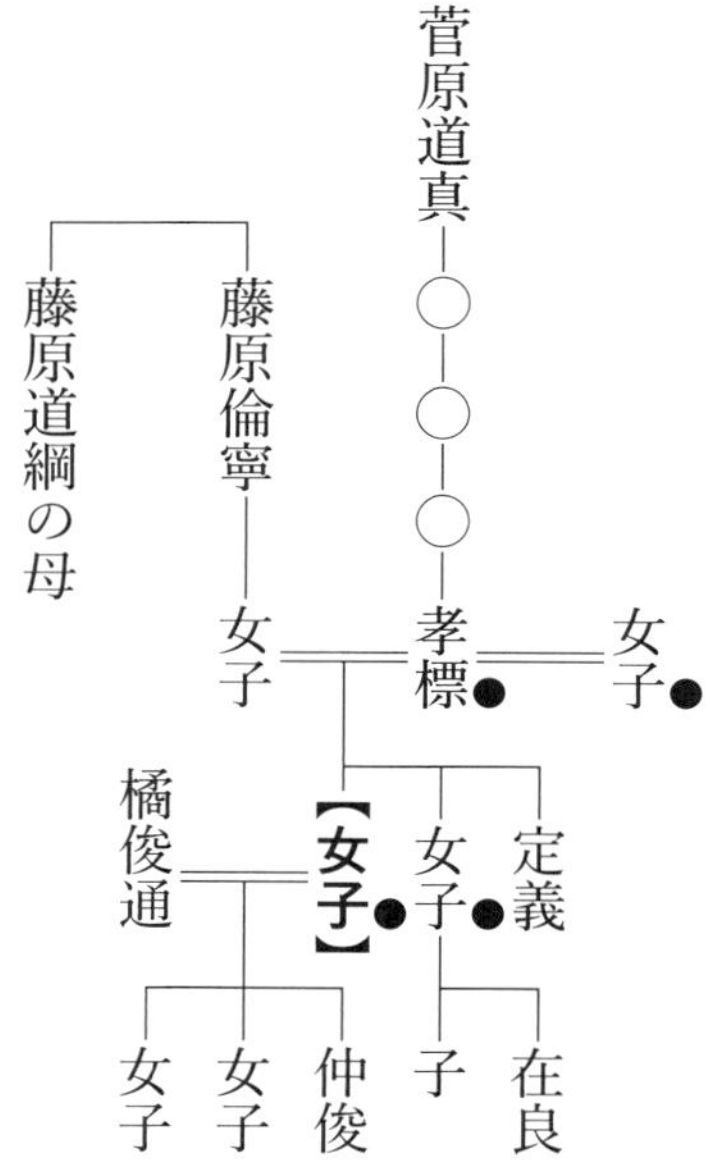

はじめに

菅原孝標女《すがわらのたかすえのむすめ》と呼ばれている女性は、『更級日記《さらしなにっき》』の著者として有名です。彼女の本名は（通称も）わかっておらず、本項でも「菅原孝標女」と昔からの呼び方をするしかありません。

菅原孝標女は、中国の儒学や歴史を研究する貴族の家に生まれました。身分の低い家柄でした。彼女はあまり社交的ではなく、『源氏物語』その他の物語をひたすら読み、夢見る人生を思い描く少女でした。本人がそのように言っています（『更級日記』）。

菅原孝標女は、姉が早死にしたのでその子どもたちを養育しなければならなかったり、母が出家して両親が家庭内離婚になったりしました。そのためか、彼女が結婚したのは三十歳を超えた年齢になってからでした。しかし夫も彼女より先に亡くなり、生まれた子どもたちや養育した甥たちもやがて家を出ていき、淋しい晩年を過ごしました。辛いことの多い人生だったようです。

『更級日記』の執筆も、夫が亡くなった悲しみを紛《まぎ》らわすためでした。結婚の少し前から後三条天皇《ごさんじょうてんのう》の皇女祐子内親王《すけこないしんのう》に仕えますが、この内親王も数え二歳で母を喪うというかわいそうな境遇でした。また孝標女は歌会や歌合にはほとんど参加しませんでした。

このような菅原孝標女の思いを、その残した和歌の中からどのように汲み取れるでしょうか。

(1) 菅原孝標女の誕生

菅原孝標女の誕生

菅原孝標女は平安時代半ばの寛弘《かんこう》五年（一〇〇八）に生まれました。当時の女性の多くは、その本名が知られていませんが、ただ天皇から官位をもらう時には授与書に本名が記されます。そこでその名は現代にまで残ることが多いです。その場合、もとの本名はどうであっても、〜子という名前に改めて官位をもらうことが通例でした。

鎌倉時代のことになりますが、源　頼朝《みなもとのよりとも》の妻北条政子《ほうじょうまさこ》は、保元《ほうげん》二年（一一五七）に誕生、建保《けんぽう》六年（一二一八）に後鳥羽上皇《ごとばじょうこう》から従三位（のち従二位）をもらうことになり、本名を新たに貴族風の「政子」という名前に変えたのです。政子六十二歳でした。それで現代に「北条政子」として知られています。彼女はとても有名な女性でありながら、それ以前になんと呼ばれていたか、幼名・もとの本名ともにまったくわかっていません。

低い身分の貴族

菅原孝標女の出身の菅原氏は、儒学や中国の歴史を研究する学者の家柄でした。貴族としての身分は低く、父の孝標の官位は従四位上で、官職は時おり任命される上総介《かずさのすけ》や常陸介《ひたちのすけ》などの国司でした。

学者の家柄

菅原孝標女の兄の定義《さだよし》は、貴族の若者を教育する大学寮《だいがくりょう》の文章博士《もんじょうはかせ》、そして大学寮のトップである大学頭《だいがくのかみ》にまで出世していました。大学寮には数種の科目があり、文章博士は儒学・中国の歴史担当です。定員は二名で、藤原氏や菅原氏その他合わせて五つの家柄の学者たちから選ばれて就任します。それぞれの家の中でも競争があったことはもちろんです。その就任競争は激しいものでした。しかも定年などはなかったのでなおさらです。

このような中で菅原定義は文章博士、そして大学頭まで出世したのですから大したものです。まさに大学者でした。これは定義自身の能力もあったのでしょうけれど、生まれ育った家庭も彼の能力を花開かせる雰囲気だったのでしょう。その中で同じ雰囲気で育った妹の菅原孝標女も、自然に知識や文章作成能力がついていったのではないでしょうか。それが後年の『更級日記』執筆の力を養ったということでしょう。

⑵ 菅原孝標女、上総国に下る

父の上総介就任、ともに上総国に下る

菅原孝標は長保三年（一〇〇一）従四位下に叙せられ、少ない給料ながら生活が安定しました。この中で生まれた菅原孝標女が十一歳になった寛仁《かんにん》元年（一〇一七）、孝標は上総介となり任国へ下ることになりました。国司は特別給がもらえるので、一家は喜んで上総国に下ったはずです。菅原孝標女とその姉、および『更級日記』では継母と書かれている孝標の別の妻が同行しました。

菅原孝標女は、上総国では物語を愛読していました。等身大の薬師如来像を造って、帰京後はすべての物語が読めるように祈ったといいます。

家族で帰京

寛仁四年（一〇二〇）、父は任期を終えて家族とともに帰京することになりました。のちに書いた『更級日記』はこの時から始まっています。帰京の翌年の治安元年（一〇二一）、十四歳の時、菅原孝標女は伯母（叔母）から

『源氏物語』全巻をもらってとても喜び、読むことに没頭しました。

⑶ 淋しい家族

姉の死没

ところが万寿《まんじゅ》元年（一〇二四）、菅原孝標女が十七歳の時、姉が出産の時に亡くなってしまいました。以後、菅原孝標女は悲しみの中で、姉が以前に産んだ子を二人、母と自分が育てることになりました。

姉の乳母、実家に帰る

ずっと姉と一緒に暮らしていた姉の乳母《めのと》も、「今はこの家にはいられません」と泣く泣く実家に帰ることになりました。その折に菅原孝標女が詠んだ歌です。

ふるさとに　かくこそ人は　帰りけれ
　あはれいかなる　別れなりけむ

「このようなことで乳母は故郷に帰ってしまいました。なんでこんなことになってしまったのか。気の毒に、ほんとうに残念なお別れです」。

以後、孝標女は十代の終わりから三十代の初めまで未婚で過ごしました。

母の出家、父と家庭内離婚

しかしやがて母は出家し、同じ家の中ですが、夫とは異なる建物に住むようになりました。夫がいる女性が出家する場合、遠く離れた山あるいは寺に住むか、自宅でも異なる建物に住んで夫と縁を切るのが慣例でした。『更級日記』に、

母、尼になりて、同じ家の内なれど、方異《かたこと》に住み離れてあり。父はたゞ我をおとなにしすへて、我は世にも出で交《まじ》はらず、かげに隠れたらむやうにてゐたるを見るも、頼もしげなく心細くおぼゆるに、

「母は出家し、家の中ですが異なる建物に住み父とは縁を切りました。父は私を家長に据えるだけで、自分は家の中のことも外のことも何もせず、陰に隠れるようにしているので何の役にも立たないし、心細く思っていました」と書いてあります。

(4) 祐子内親王に仕える（三十七歳春まで）

祐子内親王に仕える

このような状況の中で、「祐子内親王様のお屋敷に上がりませんか」と勧めてくれる人がありました。父は、「宮仕えは面倒だよ」と賛成しなかったのですが、強く勧められてしぶしぶ許してくれました。長《ちょう》

暦《りゃく》三年（一〇三九）、孝標女三十二歳ころからのことでした。

孝標女はまず一晩だけ内親王家へ行ってきましたが、おもしろいこともありました。次には十二月になって十日ばかり内親王家に行きました。帰ってきたら父母が囲《い》炉裏《ろり》に火をおこして待っていてくれました、などと『更級日記』にはあります。これは長暦三年ころからのことでした。

祐子内親王は後朱雀天皇と中宮藤原嫄子《ふじわらのもとこ》との間に生まれた皇女です。前年の長暦二年（一〇三八）四月二十一日に生まれたばかりでした。生後二ヶ月で内親王宣下《ないしんのうせんげ》を受けています。

後朱雀天皇の在位は長元八年（一〇三五）から寛徳《かんとく》二年（一〇四五）のことですから、菅原孝標女が勤め始めた時期は、祐子内親王はまだ乳幼児ながら時めいていたころということになります。

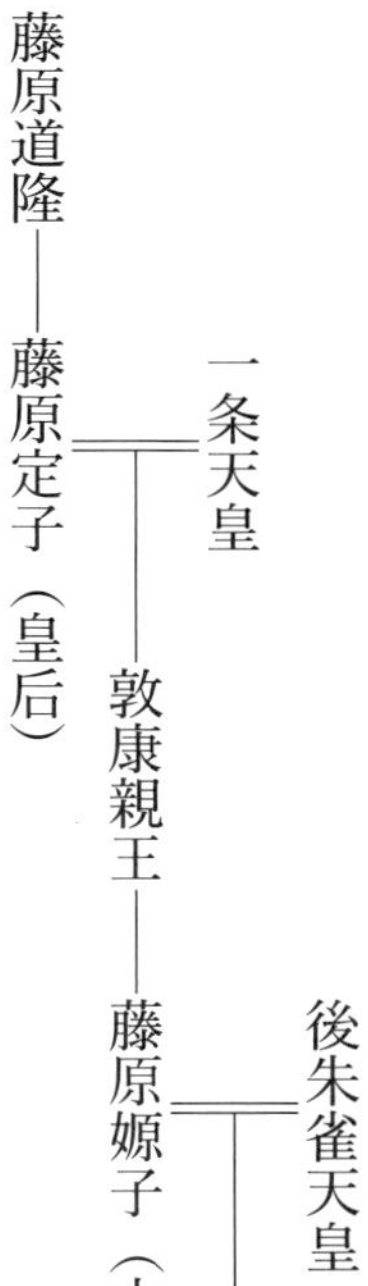

母を二歳で喪った祐子内親王

ところが祐子内親王の母の嫄子内親王は、翌年の長暦三年（一〇三九）八月二十八日に亡くなりました。

祐子内親王の妹の禖子内親王《みわこないしんのう》を産んでわずか十日後でした。孝標女が勤め始めたころには、すでにこの世にはおらず、祐子内親王は不幸な状況だったのです。

嫄子内親王は関白藤原頼通の養女だったので、祐子内親王も頼通の養女となり、その屋敷で育てられていました。

菅原孝標女の祐子内親王への出仕はそれほど勤勉なものではありませんでした。それは両親や亡くなった姉の子どもたちの面倒を見なければならないこともあり、またまもなく結婚したのでなおさら出仕は滞《とどこお》りがちになったようです。

祐子内親王家で詠んだ孝標女の春の和歌

それでも『更級日記』によると、菅原孝標女はその出仕の中で和歌を残しています。

この時、もののあわれをよく理解する女房や殿上人《てんじょうびと》が「春と秋とではどちらが心惹かれるか」などと議論をしたそうです。多くの人たちは「秋がいいな」と言ったので、菅原孝標女は次のように和歌で自分の主張をしました。

浅みどり　花もひとつに　霞《かす》みつつ

おぼろにみゆる　春の夜の月

「私は、薄い藍色《あいいろ》の空も桜の花も一つに霞みながら、ぼんやりと見える春の夕方の月はすばらしいと思います。ですから春の方がいいと思います」。

といっても、菅原孝標女は秋が嫌いなのではありません。『更級日記』『玉葉和歌集《ぎょくようわかしゅう》』に出る次の和歌がそれを示しています。

菅原孝標女の秋の和歌

あはれ知る　人にみせばや　山里の
　秋の夜ふかき　有明の月

「風情のわかる人にみせたいものですよ、山間の村落で秋の夜が深まり、そして夜が明けかかる直前の暁《あかつき》になっても空に残っている月を」。

菅原孝標女、祐子内親王の母を偲ぶ和歌を詠む

『更級日記』によれば、その後、同じく後朱雀天皇の時、月がとても明るい夜に祐子内親王のもとに女房たちが集まったとあります。折から藤原教通の娘生子《なりこ》が後朱雀天皇の女御として長暦三年（一〇三九）十一月二十一日に入内《じゅだい》しました。祐子内親王の母が亡くなってわずか三ヶ月後です。『更級日記』には、この夜は次のような雰囲気であったそうです。

故宮《こみや》のおはします世ならば、かやうにのぼらせ給《たま》はましなど、人々いひ出づる、げにいとあはれなりかし。

「娟子内親王様がいらっしゃる世の中でしたら、後朱雀天皇様のおられるお屋敷に生子様がお入りになることはなかったろうにと、皆の話題になりました。残された祐子内親王様のことを思うと、淋しく、悲しいことです」。この時に詠んだ菅原孝標女の和歌です（『新勅撰和歌集』）。

天《あま》のとを　雲ゐながらも　よそにみて
　昔の跡を　こふる月かな

「私たちは、生子様が天上界の後朱雀天皇様のお屋敷に入られる扉を、同じく雲の上の世界にいながら遠くに見て、亡き娟子様が行き来された跡をなつかしく思っています。今宵《こよい》は月もそのような風情ですし、私たち女房も月を眺めながらそのように思いにふけっているのです」。

⑸ 菅原孝標女、橘俊通と結婚

橘俊通と結婚

菅原孝標女は長久元年（一〇四〇）、橘《たちばなのとしみち》俊通と結婚しました。俊通は三十九歳、従五位下という低い身分の貴族でした。彼女は三十三歳になっていました。当時は夫の通い婚ですから、菅原孝標女は両親の面倒を見、姉の遺児たちの世話をし、時おり祐子内親王家に勤務するという中で夫を迎えるという生活だったことになります。そのためでしょう、長久二年（一〇四一）、夫が下野守《しもつけのかみ》となって任国に下向しても、菅原孝標女は同行しませんでした。そしてこの間、右《う》中弁《ちゅうべん》という官職についていた源資通《みなもとのすけみち》という男性に好意を持った気配もあります（『更級日記』）。

天喜《てんぎ》五年（一〇五七）、夫は信濃守《しなののかみ》に任ぜられて任地に下りましたが、孝標女はこの時も同行しませんでした。

橘俊通の没

康平《こうへい》元年（一〇五八）四月、俊通は任期途中で帰京しました。体調が悪かった気配です。同年秋に体調がさらに悪くなり、十月に亡くなってしまいました。享年《きょうねん》五十七歳でした。孝標女は五十一歳になっていました。

菅原孝標女の淋しい暮らし

『更級日記』によれば、「以前は若い甥たちが一緒に住んでいて賑やかで、それを見ていると楽しかった。でも夫が亡くなってからは子どもたちはもちろん、その甥たちも家を出てばらばらになってしまい、誰とも会うことがなくなってしまった」とあります。彼女は経済的にも苦しい立場に追い込まれ、彼らを養いきれなくなっていたのでしょう。

ところが、「月がなくとても暗いある夜、姉の遺児の六郎がこの叔母を訪ねてきてくれました。これは珍しく、うれしく思いました」と孝標女は次の和歌を詠んだとあります。

月も出でで　闇《やみ》に暮れたる　姨捨《おばすて》に
なにとて今宵　たづねて来つらむ

「今の我が家は若者がおらず、月も出ないで日が暮れ、暗闇《くらやみ》に包まれた姨捨山のようです。そんな叔母の家に、どうして六郎は今日訪ねてきてくれたのでしょうね」。

(6) 菅原孝標女、『更級日記』を著わす

『更級日記』は「日記」とありますけれども、毎日書いた日記ではありません。夫が亡くなってから、以前のことを思い出して書いたと推測されています。したがって、夫が亡くなった、彼女五十一歳以降の執筆ということになります。ある時期にまとめて書いたもののようです（もちろん、そのためにはかなりの日数がかかったでしょうが）。

『更級日記』執筆

また本書は『更級日記』と呼ばれてきましたが、当初から書名があったのかどうかはわかっていません。

内容は寛仁《かんにん》四年（一〇二〇）、十四歳で帰京のために上総国を出発するところから始まり、ほぼ五十一歳くらいまでの、思い出しつつ日記のような文体で書いています。

『更級日記』の最後

『更級日記』の最後には次のように書いてあります。

年月《としつき》は過ぎかはりゆけど、夢のやうなりしほどを思《おも》いづれば、心《ここ》ちもまどひ、

目もかきくらすやうなれば、（中略）人々はみなほかに住みあかれて、古里《ふるさと》にひとり、いみじう心細く悲しくて、ながめあかしわびて、

「年月は移り、変わっていきますが、今では夢の中のできごとのようになってしまったことを思い出すと、心も乱れ、悲しみにくれるようになりますし、（中略）家族や知り合いは皆、他の場所に長く住むようになってしまい、故郷に残っているのは私ひとりになってしまいました。それでとても心細く悲しく、ぼんやりと物思いに沈みました」。淋しい日常でした。

友情の苦しい結末の和歌

そしてずいぶん長い間会っていない人に、愚痴《ぐち》を聞いてもらおうというのでしょうか、次の和歌を送りました

しげりゆく　よもぎが露に　そぼちつつ
　人にとはれぬ　音をのみぞ泣く

（『更級日記』）。

「誰も訪ねてくれないので、どんどん茂っていく雑草の露のように涙に濡れながら、誰からも問われない悲しみで、声を上げて泣いているばかりです」。

するとその人は出家して尼さんになっていて、次のような和歌を送り返してきまし

た。

世の常の　宿のよもぎを　思《おもい》やれ
　そむきはてたる　庭の草むら

「あなたの家の雑草は普通の程度の雑草よ。私の庭の雑草を思いやってください。浮世に背《そむ》いて出家してしまったから、あなたよりもっと誰も訪ねてくれなくて、私はずっと悲しく泣いていています」。

菅原孝標女は、愚痴を聞いてもらえないどころか、むしろ非難されるような返事が来てしまい、さらに淋しい人生が深まったという結果になってしまいました。

おわりに

菅原孝標女は『更級日記』の著者として有名です。和歌もいろいろと詠み、平安貴族の心の中を見せてくれます。しかし彼女は家庭の状況や、また性格もあったのか、社交はあまり好きではなかったようです。そのため歌合や歌会にはあまり参加していませせん。その結果、歌人としてはほとんど知られない状態で年月が経ちました。彼女の和歌が勅撰和歌集に初めて採用されたのは、なんと彼女が亡くなってから百五十年近くも経って編纂された『新古今和歌集』に至ってからでした。その時に採用された和歌が、本項に示した「あはれ知る　人にみせばや　山里の　秋の夜ふかき　有明の月」です。以下、合わせて十四首が勅撰和歌集に採用されています。

菅原孝標女は少女のころから『源氏物語』などの小説に没頭し、現実の世界も夢を見ているような意識だったようです。しかも十代のころから身近な人たちの死というできごとが引き続き、彼女の人生に暗い影を落とし続けました。そしてそれが『更級日記』という傑作を生んだのですけれども、悲しい気持ちが込められた和歌が目立つという結果も生んだのです。

6 待賢門院堀河

～辛い人生を送った貴族の女性たち～

★待賢門院堀河関係系図

注：数字は天皇の即位順

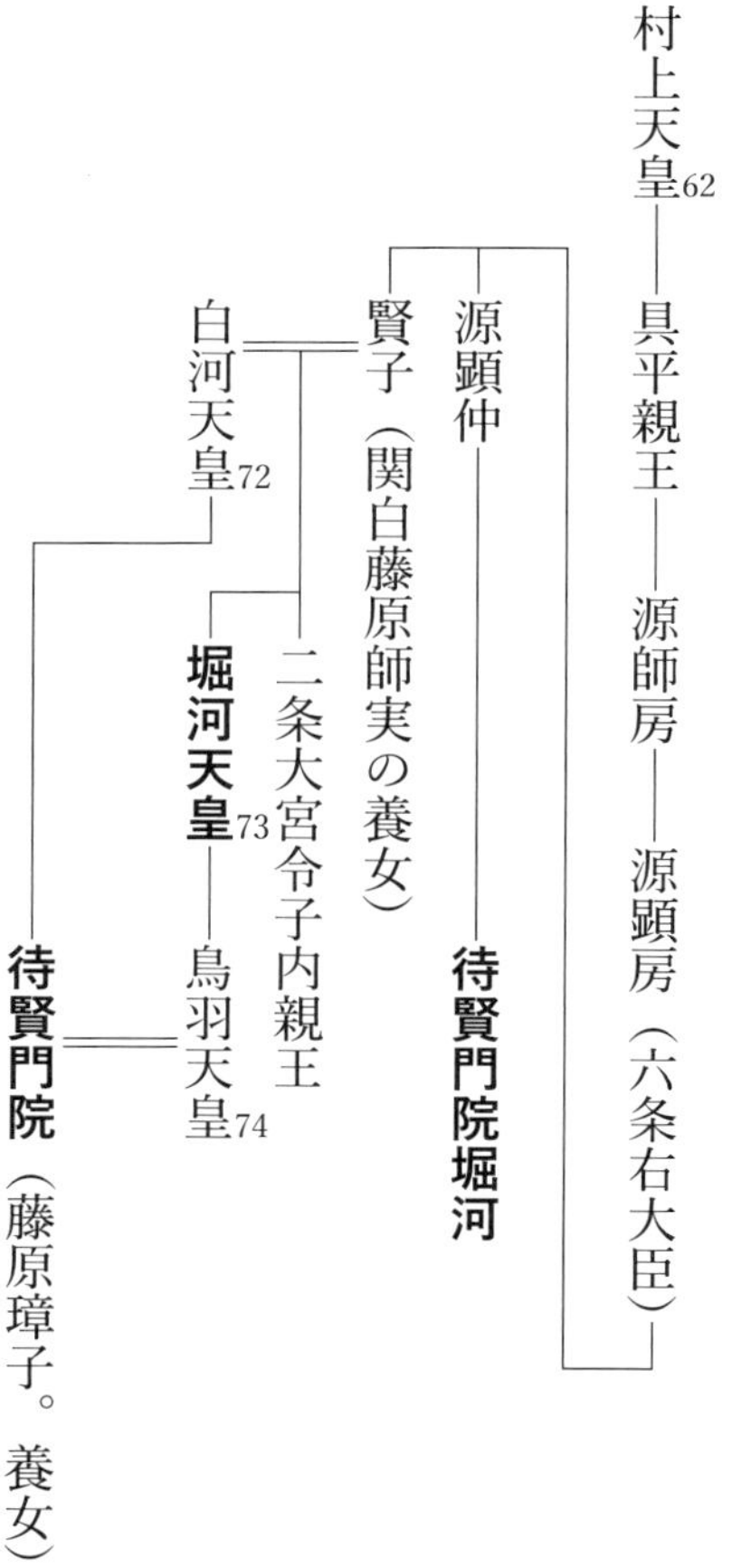

はじめに

待賢門院《たいけんもんいん》堀河《のほりかわ》とは、鳥羽天皇《とばてんのう》の中宮である待賢門院（藤原璋子《ふじわらのたまこ》）に仕え、堀河と名乗った女性のことです。本項では、当初、待賢門院自身を取り上げ、その心の内を探ってみたいと計画していました。なぜなら平安時代後期の朝廷において、待賢門院は稀有《けう》の存在であったからです。彼女は権大納言藤原公実《ふじわらのきんざね》の娘で、白河天皇《しらかわてんのう》の養女、成人して鳥羽天皇（白河天皇の孫）の中宮となりました。彼女は当時、絶世の美女と言われ、鳥羽天皇との間に崇徳天皇《すとくてんのう》と後白河天皇《ごしらかわてんのう》をはじめとする五皇子・二皇女を生みました。

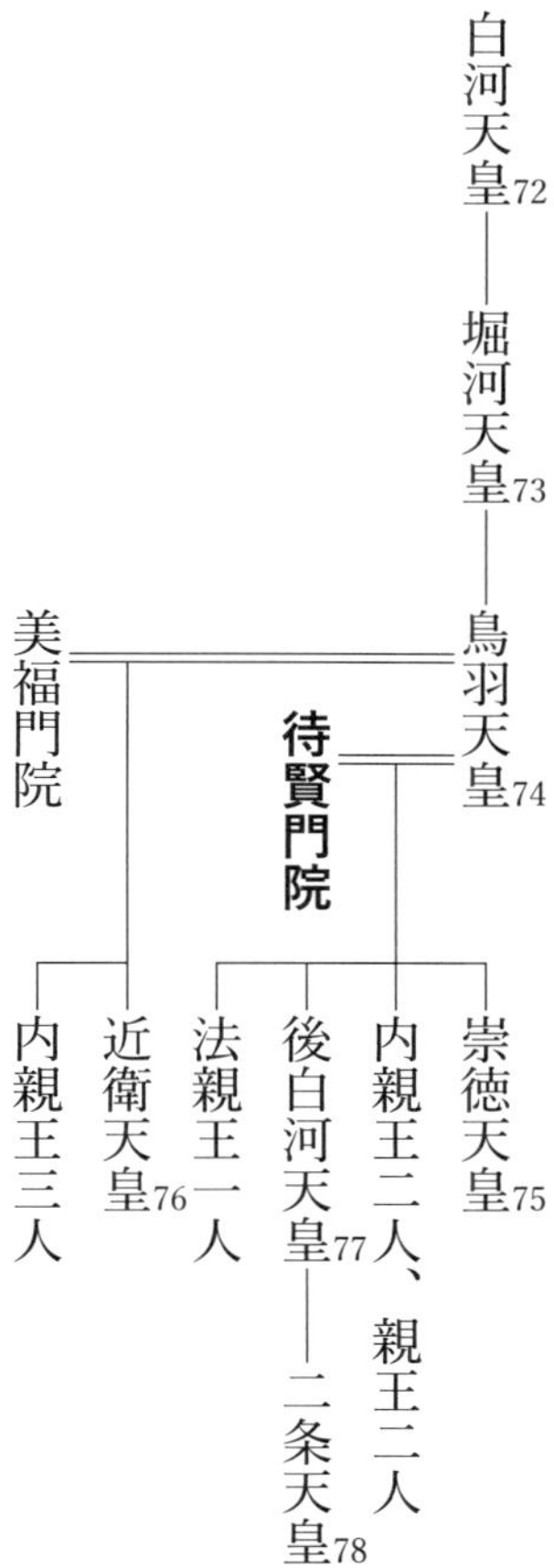

しかし長子の崇徳天皇は白河天皇との間の子ともいわれます。また待賢門院は和歌で知られた西行法師《さいぎょうほうし》の恋人であったとも言われました。

この間、待賢門院は何を思っていたのでしょうか。それを和歌によって探ってみたいと考えても、なぜか待賢門院が詠んだ和歌は一首も伝えられていません。彼女の思いは直接には残されていないのです。

そこで少しでも探れないだろうかと、本項では彼女に仕えた待賢門院堀河という女房名で、歌人としても知られていた女性を追ってみることにしました。待賢門院に仕えたといっても、待賢門院堀河は待賢門院の義理の従姉妹であり、堀河天皇《ほりかわてんのう》の従姉妹でもあります。上流の貴族社会に生きていたことは間違いありません。

ちなみに、待賢門院の父藤原公実が詠んだ和歌はいくつも残っていて、各種の勅撰集にも合わせて三十首近くが掲載されています。たとえば次のような和歌があります（『詞花和歌集』）。

山桜　をしむにとまる　ものならば
　花は春とも　かぎらざらまし

「春の山の桜が散ってしまうのは惜しいけれど、もし『散らないでほしい』との願いで散らないでくれるのだったら、『花は春がいいなあ』ということでもなく、『花は他の季節もいいなあ』ということになってしまうのではないか」。

⑴　待賢門院堀河の誕生と父

待賢門院堀河の誕生

待賢門院堀河の生まれた年は未詳です。実は亡くなった年もわかっていません。父は村上天皇の子孫（村上源氏）で、神祇《じんぎ》伯《はく》だった源《みなもとの》顕仲《あきなか》です。彼は康平元年（一〇五八）の生まれで、保延《ほうえん》四年（一一三八）に八十歳で亡くなっていますので、その娘の待賢門院堀河の生存年代もだいたい見当がつきます。

父の官職である神祇伯

神祇伯とは、宮中の祭祀《さいし》に関わる儀式やその財政・人事一切を取り仕切る部署の長官です。従四位下相当の官職ですが、顕仲は十六年勤務した功績によってか従三位に叙せられました。

⑵ 待賢門院堀河、二条大宮令子内親王に出仕

待賢門院堀河、「六条」の名で二条大宮令子に仕える

待賢門院堀河は、待賢門院に仕える前、前《さきの》斎《いつきの》院《いん》であった二《に》条《じょう》大宮《おおみや》令子《よしこ》内親王《ないしんのう》に仕えて前斎院六条《ろくじょう》、あるいは単に六条と呼ばれました。この内親王は待賢門院堀河の従姉妹です。また「六条」という女房名にしたのは、祖父の源《みなもとの》顕房《あきふさ》が右大臣で、「六条右大臣」と通称されていたからでしょう。

斎院とは、京都の賀茂《かも》神社《じんじゃ》に奉仕した未婚の内親王または女王のことです。

待賢門院堀河の恋の和歌

待賢門院堀河は、いろいろな機会に多くの和歌を詠みました。次のような恋の和歌も多く詠んでいます（『続《しょく》拾《しゅう》遺《い》和歌集《わかしゅう》』）。自分の体験というより、歌会などで創作して詠んだ和歌でしょう。

いつはりに　ならはざりせば　行《ゆく》するゑも
たのむることに　なぐさみなまし

「私が男の嘘《うそ》に慣れていなかったら、『あなたを愛している、いつまでも心変わりはしないよ』というあの人を信頼し、それで心は慰められるでしょうに」。

今まで何度も男に裏切られてきたので、現在の恋人の「愛している。心変わりはしない」という言葉に安心はできない、という内容の和歌です。

貴族は、恋愛することを楽しんでいます。それだけでなく、さまざまな恋愛のあり方を和歌で創作することも楽しんでいるのです。

待賢門院堀河の和歌の代作

平安時代の貴族社会では、和歌によって自分の気持ちを表明することが当たり前の社会でした。かといって、誰もが上手に、他人を感動させる和歌が詠めるわけでもありません。

そこで和歌の名人は他人から頼りにされ、代作をお願いされました。待賢門院堀河も、よく代作をお願いされる一人でした。ある時、知り合いの女性から次のような事情による代作の依頼がありました（『待賢門院堀河集』）。

文《ふみ》をこするひとの、たえてまたをとづれたるに、いひはなちたらむうたと人のこひたるに、

「よく恋の手紙を贈ってくる男性からの便りが来なくなってしまいました。もう気持ちが冷めたのかなとがっかりしていたところ、『会いたい』という便りがまた来たのです。そこで、その男性を突き放すような言い方の和歌を詠んでほしい、と依頼があ

りました。そこで次のような和歌を詠んであげました」。

山の井の　浅きこころを　知りぬれば
　影見むことは　思ひたえにき

「山の清水を使った井戸の、浅い水のようなあなたの心がわかってしまいましたので、あなたの姿を見たいという気持ちはまったくなくなってしまいました」。

さてその結果はどうなったでしょうか。むろん、依頼してきた女性は、その男に未練があったのです。自分を強く求めてほしいのです。

代作を引き受ければ謝礼が送られてきます。身分が高くなく、生活が豊かでない貴族にとって、代作は生活を支えるよいアルバイトでした。

やがて待賢門院堀河は、主人を変え、鳥羽天皇の中宮に仕えるようになりました。待賢門院です。

(3) 藤原璋子、鳥羽天皇中宮待賢門院となる

藤原璋子（待賢門院）の誕生

待賢門院は康和《こうわ》三年（一一〇一）、正二位権大納言藤原公実の娘として生まれました。名は璋子です。母は左《さ》

中弁藤原隆方《ちゅうべんふじわらのたかかた》の娘で、堀河・鳥羽両天皇の乳母藤原光子《ふじわらのみつこ》です。

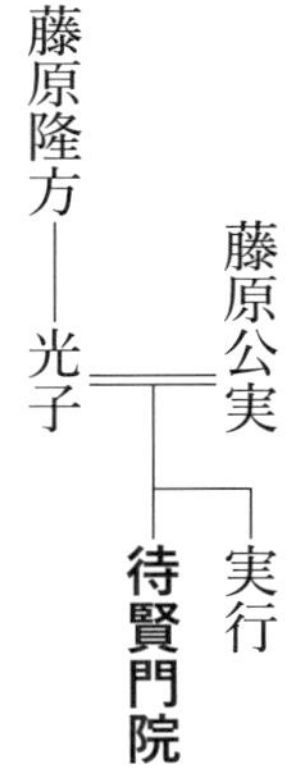

待賢門院は、幼少時より白河法皇とその寵姫《ちょうき》祇園女御《ぎおんのにょうご》に養われ、とてもかわいがられました。でも七歳の時には父の藤原公実を喪っています。「左中弁」とは、朝廷の事務局の第二等官の一つで正五位下相当ですから、あまり高い官職ではありません。

藤原璋子、鳥羽天皇の中宮となる

さらに待賢門院は、永久五年（一一一七）十二月十三日、十七歳の時、白河院を父親代わりとしてその孫の鳥羽天皇に入内し、中宮（皇后）となりました。

待賢門院と鳥羽天皇との仲は睦まじく、のちの崇徳天皇や後白河天皇を含み、五人の皇子・二人の皇女を産んでいます。やがて待賢門院という院号を授けられました。

(4)「待賢門院堀河」の誕生

六条は、いつのころかは不明ですが、二条大宮令子内親王に仕えるのを辞めています。そしてこれまたいつからか明らかではありませんが、待賢門院の屋敷に勤めるようになりました。そこでは「六条」ではなく、「堀河」と呼ばれました。従兄弟の堀河天皇が退位し、「堀河」という天皇名を諡《おくりな》されていたので、その名をいただいたのでしょう。

諡または諡号

ちなみに天皇が在位中の年号名で呼ばれるのは明治天皇以降です。それまでは退位後なんと呼ばれるか、在位中はまだ決まっていません。退位にあたり、天皇と関係の深い地名なり、事柄なり、あるいは以前の天皇名なりから採用して名前を贈られるのです。それで諡《おくりな》または諡号《しごう》といいます。

⑸ 待賢門院密通説

崇徳天皇は鳥羽天皇ではなく白河天皇の子？

ところが、崇徳天皇は白河天皇の胤《たね》だとする風説がささやかれるようになったそうです。『古事談《こじだん》』という鎌倉時代の建保三年（一二一五）に書かれた説話集《せつわしゅう》に、次の話があります。

待賢門院は、白河院御猶子《ごゆうし》の儀にて入内せしめ給ふ。其の間、法皇密通《みっつう》せしめ給ふ。人皆な之《これ》を知るか、崇徳院は白河院の御胤子《おんたね》、と云々。鳥羽院も其《そ》の由《よし》を知ろし食《め》して、「叔父子《おじご》」とぞ申さしめ給ひける。

「待賢門院は、白河法皇が御自分の養女として鳥羽天皇の中宮にされました。ところが待賢門院が中宮でおられる間、法皇は密通しておられたのです。誰もがあのことを知っていたようですよ、崇徳天皇は白河法皇の実子であるということを。鳥羽天皇もこのことをご存知で、息子である崇徳天皇のことを『叔父様』と呼んでおられました」。

鳥羽天皇からすれば、崇徳天皇は母方としては間違いなく息子ですが、父方から言えば祖父の息子、すなわち叔父ということになります。それを「密通」として皆が知っていたというのですから、いくら男女関係の倫理観念が緩やかな時代であるといっても、家庭内は不穏な状況にあるでしょう。

密通説は信用する根拠がない

ただし『古事談』は、いろいろ信用しがたい内容の言い伝えも、おもしろければよいということで集めて作った本です。きれいごと風に言えば「説話集」です。しかもこの本は建保三年（一二一五）の成立で、それは待賢門院が入内してから九十八年後のことなのです。この時以前に上記の「密通」を記した本や史料は一切ありません。少なくとも現段階では「密通」は信頼が置けない話、とするべきでしょう。

⑹ 崇徳天皇の行幸

崇徳天皇、仁和寺に行幸

保延三年（一一三七）九月二十三日、崇徳天皇は大勢の貴族を連れて仁和寺《にわじ》に行きました。そこで競《くらべ》馬《うま》が催され、皆で見物しました。鳥羽法皇や待賢門院も行きました。崇徳天皇の両親です。そして待賢門院堀河もお供で競馬を見ました。崇徳天皇や出席した人は、夜の宴会や歌会を楽しんで、翌日早朝に帰宅したそうです。その折、待賢門院堀河は待賢門院の長寿を願う和歌を詠みました（『続古今和歌集《しょくこきんわかしゅう》』）。

　雲のうへの　星かと見ゆる　菊なれば
　　そらにぞ千代《ちよ》の　秋はしらるる

「今は夜。そこここに咲いている菊は、雲の上に輝く星かと思わせます。その様子からも千年にわたって待賢門院様の寿命が続くことがわかります」。

崇徳天皇、待賢門院の法金剛院に行幸

二日後の九月二十五日になって、崇徳天皇をはじめとする人々は、今度は待賢門院の法金《ほうこん》剛院《ごういん》（京都市右京区花園《うきょうくはなぞの》）を訪れ、歌会を催しました。その時に「菊契多秋《きっけいたしゅう》」という歌題《かだい》が与えられ、出席者はそれぞれに詠んでいます。次は、当時、関白で前太政大《さきのだいじょうだい》臣《じん》だった藤原忠通《ふじわらのただみち》の詠んだ和歌です（『千載和歌集《せんざいわかしゅう》』）。

　君が代を　なが月にしも　白菊の
　　咲くや　千歳《ちとせ》の　しるしなるらん

「ちょうど菊が咲く季節のこの九月《ながつき》、陛下の治世が長く続くようにと爽やかな白い菊が咲いておりますね。陛下の寿命もずっと千年も続かれる証拠でしょう」。菊は不老

長寿を約束すると思われていたのです。崇徳天皇とその母の待賢門院の長寿を言祝いだものです。

法金剛院は、平安時代初期に右大臣清原夏野《きよはらのなつの》が建てた山荘が前身です。待賢門院が再興して寺院とし、名前を法金剛院と定めました。

(7) 待賢門院の出家と没

待賢門院の出家

康治元年(一一四二)八月二十二日、待賢門院は自らが建立した法金剛院において出家しました。同時に、待賢門院堀河も同僚の待賢門院中納言とともに出家しています。

待賢門院の没

待賢門院は出家の三年後の久安《きゅうあん》元年(一一四五)八月二十二日、長兄の太政大臣藤原実行《ふじわらのさねゆき》の三条高倉《さんじょうたかくら》の屋敷にて亡くなりました。鳥羽上皇はその屋敷に駆けつけ、臨終の際は磬《けい》(読経《どきょう》の際に打ち鳴らす仏具)を打ちながら大声で泣き叫んだといいます(藤原頼長《ふじわらのよりなが》の日記『台記《たいき》』同日条)。その様子を見ても、『古事談』が記す待賢門院をめぐる白河法皇(この十六年前に亡くなっていました)・崇徳上皇(この四年前に退位しました)・鳥羽上皇に関わる醜聞《しゅうぶん》は嘘なのではないかと思わせます。

待賢門院堀河、在りし日を偲ぶ

その後、待賢門院堀河は主《あるじ》のいない法金剛院を訪ねて、在りし日を偲びました（『玉葉《ぎょくよう》和《わ》歌集《かしゅう》』）。

待賢門院かくれさせ給《たまい》て後、六月十日比《ころ》、法金剛院にまいりたるに、庭も梢《こずえ》もしげりあひて、かすかに人影《ひとかげ》もせざりければ、これに住《すみ》そめさせ給し事などたゞいまの心《ここ》ちして哀《かなしみ》つきせぬに、日ぐらしの声たえず聞えければ、

「待賢門院様が亡くなられて翌年でしたか、六月十日ころ、法金剛院にお参りしました。するとその広い庭も、木の枝も緑の葉がいっぱいに茂っているだけで、人っ子一人いませんでした。待賢門院様がこの寺に住み始められたことなど、今現在のような気持ちがして、悲しくてたまりませんでした。その中でヒグラシの鳴き声がしきりに聞こえてきましたので、一首詠みました」。

君こふる　なげきのしげき　山里は
たゞ日ぐらしぞ　ともになきける

「待賢門院様が恋しくてたまらないこの山村にある別荘では、私とヒグラシだけがずっと一緒に泣いて（鳴いて）いるのです」。

⑻ 待賢門院堀河、夫と死別

待賢門院堀河の夫、幼い子を残して亡くなる

何歳のころかはわかりませんが、待賢門院堀河は結婚していました。そして子どもを一人、儲けていました。

ところがまだ幼い子を残して夫が先立ってしまいました。それを嘆いている待賢門院堀河の側で、その幼い子が何やら意味のないことを話しています（『待賢門院堀河集』）。

言ふかたも　なくこそ物は　かなしけれ
　こは何事《なにごと》を　語るなるらむ

「夫が亡くなり、ほんとうに言いようがないほど悲しいです。それなのにこの子は一人で何か訳のわからないことをおしゃべりしています。それを見ているとよけいに悲しいです」。

待賢門院堀河、子どもを父に預ける

待賢門院堀河は、亡き夫との間の子を父の顕仲のもとに預けて、育ててもらいました。そして

ある年の正月の最初の子《ね》の日に、次の和歌を年老いた父に贈りました。
そのころ、正月最初の子の日に、野に出て小松を引き抜き、同じ日に摘んだ若菜を羹《あつもの》（吸い物）にして食べるという習慣がありました。これは、新しい生命を取り込んで無病息災を祈るまじない、呪術《じゅじゅつ》の意味があったのです。小さな松を引き抜くのは、松の霊力にあやかり長寿を得るためでした。顕仲も七十代か八十代か、相当な年齢になっていました（『新千載和歌集』）。

いざ今日は　子の日の松の　引きつれて
　老木《おいき》の千代を　ともにいのらん

「さあ今日は子の日です。孫と山へ行って松を引き抜き、孫の若さと若い松の霊力の助けを祈って長生きをしてくださいね。私も共に祈っています」。
父顕仲も返し歌を贈ってくれました。

いのるとも　老木の松は　朽ちはてて
　いかでか千代を　すぐべかるらむ

「長生きを祈ってくれても、年取った老人の松はすっかり腐ってしまっていて、とてもこれから千年も生きられないよ」。

仲のよい親子孫三人の姿が眼に浮かびます。そうは言っても、お祖父さんは孫を連れて楽しく山へ行ったことでしょう。

⑼ 待賢門院堀河の没

待賢門院堀河がいつ亡くなったか、記録はまったくありません。待賢門院のことを思いながら静かに過ごしたのでしょうか。彼女の子どもについても、男の子だった様子ですが、それらに関わる記録は残されていません。お祖父さんである顕仲は残りの人生をどのように送ったでしょうか。

おわりに

現代の法金剛院の境内の池の端に立つ彼岸桜（「紅《べに》枝垂桜《しだれざくら》変種《へんしゅ》」という種類？　だそうです）は、待賢門院桜と呼ばれています。もう三十年近く前になるでしょうか。筆者が見せていただいた時、ピンク色の花をつけた枝が外へ向かって広がり、長く垂れ下がっていました。花やかながら優しい印象でした。

今年久しぶりに見た待賢門院桜は、ぐっと大きく力強く、外に向かって枝を伸ばし、いっそう多くの花びらがこれまた力強く外に向かって展開していました。

花やかながら楚々《そそ》とした美しさで、心を押さえ気味だった三十年前の方がよかったなあ、という思いです。それとも、この力強さは、苦しく淋しいことも多かった平安貴族の女性たちは実際には力強かったのだと示しているのでしょうか。

7 藤原忠通

～院政に協力して摂政・関白を守る～

★藤原忠通関係系図

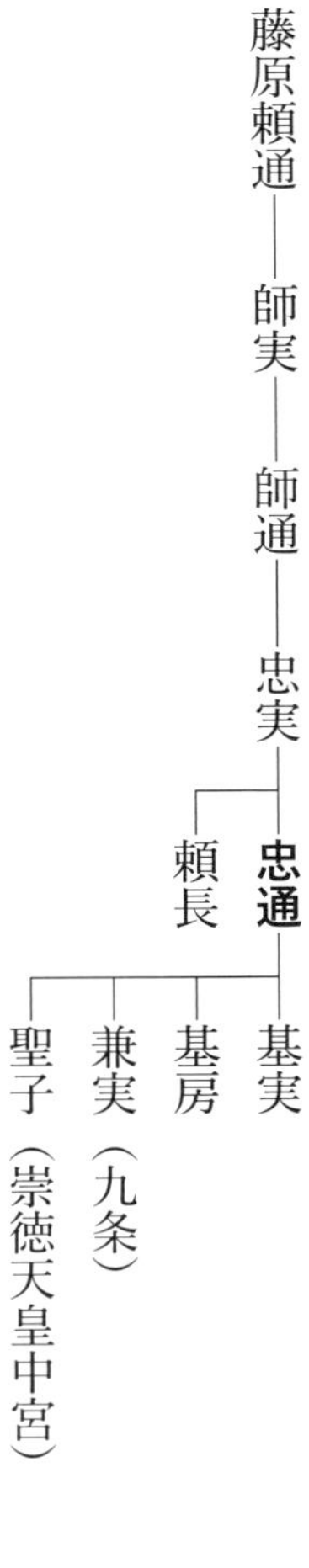
藤原頼通
師実
師通
忠実
忠通
頼長
基実
基房
兼実（九条）
聖子（崇徳天皇中宮）

はじめに

藤原忠通《ふじわらのただみち》は、高祖父の頼通が五十年間の摂政・関白の末に確立した、藤原摂関家の嫡流《ちゃくりゅう》を受け継いだ人物です。世はすでに白河上皇による院政《いんせい》が始められていたころに生まれ、その白河上皇から始まって鳥羽天皇・崇徳天皇・近衛天皇《このえてんのう》・後白河天皇と、五人の上皇・天皇に仕えました。

この間、朝廷内ではさまざまな争いがあり、忠通自身も父忠実《ただざね》や弟頼長ときびしく対立した時期もありました。摂政・関白が絶対の力を持てなくなった時代でもありました。そのため忠通は院政を行なっていた上皇、そしてその下にいる天皇にも可能な限り協力する態度を取り続け、また親しい貴族も多く作って難しい時代を乗りきったのです。

本項では難局の中で忠通がいかなる思いを和歌に込めたか、それを探っていきます。

(1) 藤原忠通の誕生

藤原忠通の誕生と父

藤原忠通の誕生は、平安時代も三百年以上が経った永長《えいちょう》二年（一〇九七）閏《うるう》一月二十九日でした。父は摂関政治を確立した藤原頼通直系の忠実です。忠実は、のちに関白太政大臣になりますけれども、忠通が生まれた時にはまだ二十五歳、権中納言でした。しかし誕生直後に権大納言に昇進し、二年後にはその父師通《もろみち》から譲られる形で藤原氏の氏長者となっています。

氏長者

氏長者は貴族の氏ごとの惣領（指導者）です。特に藤原氏の氏長者には多数の荘園が引き継がれ、経済的にも大きな勢力を持ちました。この荘園群を「殿下《でんか》の渡領《わたりりょう》」と言っていました。この場合の「殿下」は摂政や関白の敬称です。

忠通の母

忠通の母は、従一位右大臣の源顕房の娘でした。顕房は堀河天皇の外祖父であり、前項で取り上げた待賢門院堀河の祖父でもあります。

忠通、白河法皇の猶子となる

嘉承《かしょう》二年（一一〇七）四月、摂関家の正嫡《せいちゃく》である忠通は元服《げんぷく》し、正五位下に叙せられ、侍従という職を与えられました。十一歳の時です。そして退位して出家、法皇となっていた白河法皇の猶子となりました。猶子とは現代風に言えば養子です。ただし、当時も存在した「養子」が、姓（名字）と財産を引き継ぐ権利があるのに対し、「猶子」には財産継承権はなく、ただ姓（名字）を引き継ぐ権利だけが与えられるという違いがありました。

院と院政

　忠通元服の十一年前の応徳《おうとく》三年（一〇八六）、当時の白河天皇は息子で八歳の善仁親王《たるひとしんのう》に位を譲り（堀河天皇）、上皇となっていました。しかし、摂関家の藤原師実《ふじわらのもろざね》が政権を握っていたので、政治にはあまり介入しませんでした。さらに寛治《かんじ》四年（一〇九〇）、そのころの成人年齢に達した堀河天皇は自ら政務に励み、師実と協力して政治を行ない、「末代《まつだい》の賢王《けんおう》」と周囲の尊敬を集めました。白河上皇は永長元年（一〇九六）、出家して法皇となりました。

　しかし堀河天皇は嘉承二年（一一〇七）に亡くなり、白河法皇は堀河天皇の息子宗《むね》仁親王《ひとしんのう》を即位させました（鳥羽天皇）。まだ五歳でした。さらに二年後には師実も亡くなりました。あとを継ぐべき息子の師通はその四年前に亡くなっており、彼の息子忠実が後継者となりました。ところが忠実もまだ二十二歳と若く、政治運営が難しい状況でした。そこで白河法皇は積極的に政治を運営していく決心をしました。これが院政の実質的な始まりです。

上皇の住む屋敷を院といいましたが、そこから転じて上皇に対する尊称としても「院」という言葉が使われるようになりました。そして「院」で行なわれる政治なので、それが「院政」と呼ばれるようになったのです。

摂関政治と院政

日本の政治権威の源はあくまでも天皇です。天皇が幼児で政治を行ないがたいという場合、天皇の母方の祖父は血縁的にその権威を代行することができる、という理屈で成立したのが摂政・関白の摂関政治です。

院政は、血縁的にさらに天皇に近いその父であるなら、摂政・関白よりも権威がもっと強く天皇の権威を代行できるだろう、という理屈でした。いずれも天皇の政治的実力が低下した（あるいは、周囲が意図的に低下させた）から成立したものです。

(2) 鳥羽天皇の治世下の忠通の活躍

鳥羽天皇の治世

鳥羽天皇は白河法皇の孫です。康和五年（一一〇三）に堀河天皇の皇子として誕生し、嘉承二年（一一〇七）に即位しました。鳥羽天皇はまだ五歳という子どもでした。当然、まだ、政治運営をする能力はありませんでした。実際には実権を握っていた白河法皇が、その権力を維持しようと意図していました。

白河天皇72——堀河天皇73——鳥羽天皇74——崇徳天皇75
　　　　　　　　　　　　　　　　　　——後白河天皇77——二条天皇78
　　　　　　　　　　　　　　　　　　——近衛天皇76

注：数字は天皇の即位順

鳥羽天皇の治世下での忠通の和歌❶

永久三年（一一一五）十月、この時十九歳で内大臣であった忠通は、自邸で歌合を開催しました。そして「水鳥《みずとり》」という題を出し、自らも次のような和歌を詠みました（『夫木《ふぼく》和歌抄《わかしょう》』）。この会は、六番十二首、つまりは参加者十二人の小規模な歌合でした。この時の歌合は、忠通が主催した歌会のうちで確認できるものとして最初の歌合です。

三島江《みしまえ》や　葦《あし》の枯葉の　下ごとに
　羽がひの霜を　はらふをし鳥

「三島江では冬になり葉が枯れてしまった葦の下ごとにおしどりがいて、羽を震わせては背中に積もった霜を払い落としています」。

ちなみにおしどりは鴛鴦（オスのおしどりとメスのおしどり）と書いていったん夫婦になったら一生涯離れないとして知られています。しかし、さる研究グループで調査をしたところ、一年後には七割近くが別のオス・メスで夫婦になっていたそうです。

鳥羽天皇の治世下での忠通の和歌❷

三年後の元永《げんえい》元年（一一一八）十月二日に、忠通が自分の屋敷で開催したのは三十六番歌合であったといいますから、参加者七十二人と、ぐっと大規模な歌合となっています。時間もずいぶんかかったことでしょう。題は忠通が「恋」として与えました。次に挙げたのは、この時にも忠通自身が詠んだ和歌です（『金葉和歌集《きんようわかしゅう》』）。和歌中の「いはぬま」は、「岩沼《いわぬま》」と「言はぬ間」とを掛けています。

いはぬまは　下はふ葦の　根をしげみ
隙《ひま》なき恋を　人しるらめや

「岩がごつごつしている沼の底を葦の根がびっしり這《は》っているように、私はひっそりとあの人を思い続けています。でも、私の心は伝わっていません。やはり声に出して『好きです』と言わなければわかってもらえないでしょうね」。

忠通、関白、左大臣に任命される

保安《ほうあん》二年（一一二一）、藤原忠実は白河法皇の機嫌を損ねて、関白を取り上げられてしまいました。また同時に藤原氏の氏長者も取り上げられてしまったのです。「氏長者」は、本来、各氏族の私的な統率役です。しかし藤原氏の氏長者だけは社会的な影響力が大きいとして天皇の授けるものになっていました。多数の荘園から上がる収入も莫大な額になりますし、藤原氏内部の就任争いも激しかったので、天皇の任命にしないと決着がつかないようになっていたのです。忠通は二十五歳になっており、白河法皇から忠実に代わって関白と藤原氏氏長者に任命されました。この年の三月五日のことでした。

翌年の保安三年（一一二二）十二月、忠通は従一位を授けられ、左大臣《さだいじん》に任じられました。貴族が叙される官位としては正一位が最高位なのですが、実際には「正一位」は「正一位稲荷大明神《いなりだいみょうじん》」といったような神々が叙されるのが普通でした。人間としての貴族は、「従一位」が実際の最高位とみられていました。

鳥羽天皇の退位

保安四年（一一二三）一月二十八日、鳥羽天皇が退位しました。同じ日、忠通も関白を辞めることになりました。これは鳥羽天皇の皇子五歳が即位し、崇徳天皇になるために対応したことです。左大臣はそのまま任命され続けました。

白河法皇・鳥羽上皇、花見に出かける

退位してまもなくのことですが、保安五年（一一二四）閏二月十二日、鳥羽上皇は白河法

皇とともに白河の花見に出かけました。花見ののち、例によって歌会があり、鳥羽上皇と供奉者《ぐぶしゃ》の和歌が披露されました。次に記すのは、この時の忠通の和歌です（『新拾遺和歌集』）。

常よりも　めづらしきかな　白河の

花もてはやす　春のみゆきは

「いつよりもすばらしく尊いことでございます。この白河の桜の花に引き立てられてさらにはでやかな陛下の春の御幸《みゆき》は」。忠通は白河法皇と鳥羽上皇二人の花見の様子を言祝いでいるのです。

⑶　崇徳天皇の治世下で

忠通、崇徳天皇の関白となる

崇徳天皇は元永二年（一一一九）の生まれで、前掲のように保安四年（一一二三）に即位し、保延七年（一一四一）に退位しています。亡くなったのは長寛《ちょうかん》二年（一一六四）、流刑先《るけいさき》の讃岐国《さぬきのくに》においてでした。

忠通は、大治《だいじ》三年（一一二八）十二月に太政大臣となりました。崇徳天皇はちょうど十歳で、忠通は引き続き摂政を続けます。翌大治四年（一一二九）四月、太政大臣を辞任し、七月には摂政を辞めて関白となりました。

忠通、娘の聖子を崇徳天皇の中宮にする

さらに忠通は自分の娘聖子《きよこ》を崇徳天皇の後宮に女御として入内させました、翌年には中宮としています。皇子の誕生と、やがては即位、自分が天皇の外祖父となることを大いに期待しました。

崇徳天皇の治世下での忠通の和歌❶

このように、忠通は崇徳天皇との仲も良好に保っていました。そしてこの時期の保延元年（一一三五）四月二十九日、崇徳天皇の内裏《だいり》では歌合が行なわれ、忠通も出席しました。その折に天皇から「海上遠望《かいじょうえんぼう》」という歌題が出され、忠通は次のような和歌を詠んでいます（『詞花和歌集』）。

わたのはら　漕ぎ出でてみれば　久かたの
　雲ゐにまがふ　沖つ白波

「大海原に漕ぎ出して遠く沖の方を見ると、雲と見まごうばかりの白波が立っています」。

舟に乗って大海原に出、邪心のない明るい自分の心を述べています。よい政治を行なっている崇徳天皇に裏表のない忠誠を尽くしています、と明らかにしているようです。

崇徳天皇の治世下での忠通の和歌❷

また、ある時、崇徳天皇が牡丹《ぼたん》についての和歌を詠むようにと指示し、忠通は次のように詠んでいます（『詞花和歌集』）。

咲きしより　散りはつるまで　見しほどに
花のもとにて　二十日経《へ》にけり

「牡丹が咲いてから散り終わってしまうまでうっとりと眺めているうちに、その花の側で二十日も経ってしまいましたよ」。「二十日」というのは、中国の古典にある、「熱心さのあまり二十日という長期間が経ってしまいました」という古事に基づくものです。

(4) 中宮亮藤原顕輔との交流

忠通は若いころから藤原顕輔《ふじわらのあきすけ》という貴族と親しい交友関係にありました。二人は同じ藤原氏とはいっても、藤原氏の祖鎌足の孫房前《ふささき》を共通の祖先としているだけの遠い親戚です。顕輔のころは中級程度の貴族で、年齢としては忠通の七歳年上でした。

顕輔との親しい交流

しかしどのようなきっかけからか二人は仲がよく、忠通の娘聖子が崇徳天皇の中宮になると、顕輔は中宮亮《ちゅうぐうのすけ》に任命されているのです。中宮亮は中宮の生活一切の面倒を見る中宮職《ちゅうぐうしき》の次官です。相当官位としては従五位下ですが、忠通として中宮聖子はまさに今後の政界での発展の命綱《いのちづな》ですから、中宮職の長官（中宮大夫《ちゅうぐうのだいぶ》）と並ぶ亮にはよくよく信頼の置ける人物を任命するに決まっています。それが顕輔でした。

顕輔に贈った忠通の和歌

また顕輔は天承《てんしょう》元年（一一三一）から近江守《おうみのかみ》となって現地に赴任しています。その時に贈った忠通の和歌です。

思ひかね　そなたの空を　ながむれば
ただ山の端《は》に　かかる白雲

「君に会いたいという気持ちが抑えきれず、君がいる近江国の方の空を眺めると、ただ遠い山の稜線《りょうせん》に白い雲がかかっているのが見えただけだよ」。

顕輔は歌人としても知られていました。この和歌が収められている勅撰和歌集の『詞花和歌集』は、のちに崇徳天皇の命令で顕輔が編纂したものです。

忠通は近江国そのものも気に入っていたのか、次のような和歌も詠んでいます（『千載和歌集』）。

近江国に寄せる忠通の和歌❶

さざなみや　国つ御神《みかみ》の　うらさえて
　古き都に　月ひとりすむ

「かつて楽浪《さざなみ》と呼ばれ勢いが盛んだった近江国、そしてさざ波がよせる琵琶湖《びわこ》。そこを守る神様の御心《みこころ》も今は冷えきってしまわれている。荒れ果てた古い都にはただ月が澄んだ光を投げかけているだけです」。

「さざなみ」すなわち「楽浪」は、琵琶湖西南部一帯の古い地名です。忠通は昔の繁栄を想像して感慨にふけっています。決して今の近江国が嫌いだというのではありません。

近江国に寄せる忠通の和歌❷

もう一つ、『新古今和歌集』に収載されている忠通の近江国に関する和歌があります。この和歌の中の「志賀《しが》の唐崎《からさき》」とは、琵琶湖の西岸で、現在の滋賀県大津市唐崎です。また「比良《ひら》の高嶺《たかね》」は琵琶湖西岸の山々のことで、主峰は武奈ケ岳《ぶながたけ》です。標高は一二一四メートルです。

さざなみや　志賀の唐崎　風さえて
比良の高嶺に　霰《あられ》ふるなり

「さざ波が寄せる琵琶湖の湖畔。志賀の唐崎に吹いてくる風は冷たく、比良の山々の高い峰には霰が降っていることだろう」。

この和歌の最後の「なり」は助動詞で、視覚によって目に見えていることではなく、視覚以外の感覚から判断していることを示しています。「ここでもこんなに寒いのだから、山の上ではもっと寒く、霰が降っているに違いない」と判断しているのです。

その後の顕輔

顕輔は中宮亮になって七年後には従三位に昇進して公卿となり、最終的には久安四年（一一四八）に正三位に至っています。小倉百人一首にも和歌が採用され、貴族としての職務遂行の能力も高かったようです。彼の官位・官職の昇進は忠通のおかげでしょう。久寿《きゅうじゅ》二年（一一五五）に六十六歳で亡くなっています。

以上で見たように、崇徳天皇と忠通との関係は良好でした。ところがある時から悪化してしまったのです。それは次の事情が発生したことによります。

崇徳天皇と忠通、仲が悪くなる

崇徳天皇と忠通の娘の聖子との仲も良好でした。しかし子どもには恵まれませんでした。結婚して十年経った保延六年（一一四〇）九月二日、崇徳天皇の女房の兵衛《ひょうえの》佐局《すけのつぼね》（源《みなもとの》行宗《ゆきむね》の養女）が天皇の皇子重仁親王《しげひとしんのう》を産んだのです。天皇は前年に退位して上皇になっていましたが、しかし自分の第一皇子であり、大喜びしたことでしょう。でも忠通と聖子は非常に不快だったといいます。忠通の今後の政治権力が崩れる恐れも十分にあります。実際、崇徳天皇と忠通の仲は悪くなっていきました。

(5) 近衛天皇の治世下で

近衛天皇の関白となる

崇徳天皇が退位したのは、保延六年（一一四一）でした。そこで即位した近衛天皇はまだ二歳でした。父は崇徳天皇ではなく、鳥羽上皇の皇子、つまり崇徳天皇の弟でした。むろん、忠通の意向です。忠通は関白を辞めて、摂政となりました。

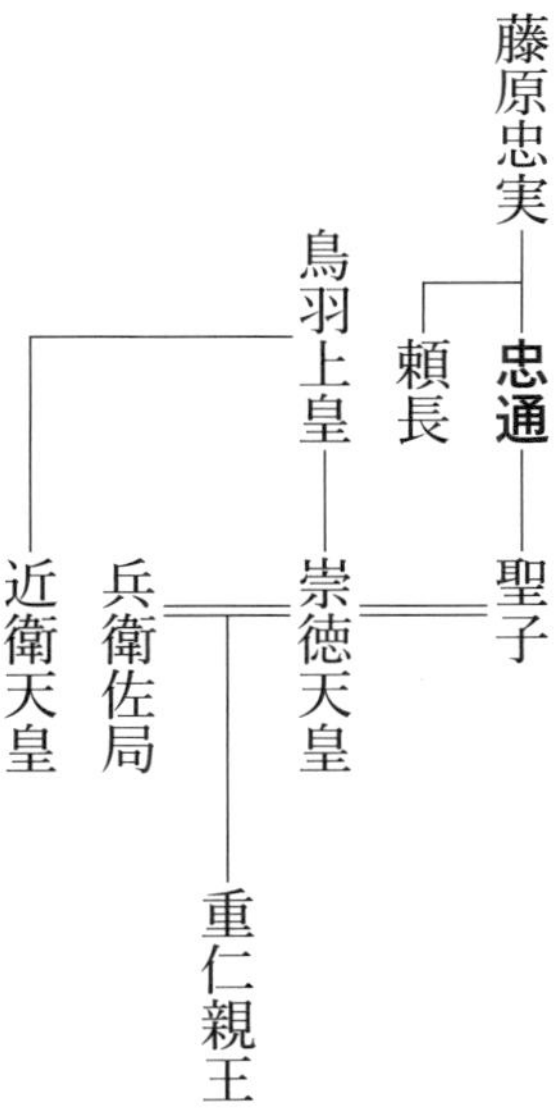

このあたりから忠通の弟の頼長が強力に政治的意欲を見せ始めました。忠通の勢力が衰えかかった、とみたのでしょう。

忠通と弟の頼長との争い

久安五年（一一四九）十月、忠通は太政大臣となりました。摂政はそのままです。しかし翌年の三月には太政大臣を辞することになりました。さらに半年後の九月、藤原氏の氏長者を辞めさせられ、弟の頼長が長者となったのです。兄弟の父忠実は、父と仲がよかった頼長の味方でした。さらに忠通と崇徳上皇との関係は悪くなったままです。このあたりのことが大きな原因で、忠通の立場は悪くなってきました。

ところで、左大臣であった頼長は世の人に「悪左大臣《あくさだいじん》」と呼ばれたということで知られています。「悪い左大臣」で悪評高かったということになります。しかし、はたしてそうだったのか？　本項の主旨からは少し外れますが、歴史的史料を扱う場合には正しい意味を把握しなければならないので、その観点から「悪左大臣」について少し触れていきます。

悪左大臣頼長

頼長は左大臣として活躍していました。彼は、他人の願いなどは無視し、強烈に自分の利益を追求する悪い人で、そのために「悪左大臣」と呼ばれて恐れられ嫌われたと、現代に至るまで評価されてきたのです。

ところが、当時の人々の日記などの諸史料を見ると、「非常に学問的な知識が豊富」「朝廷の役所運営が上手」「部下の意見をよく聞き、自分が誤っていると思うとすぐ行動を改めた」と好意的な評価が多いのです。ではなぜ「悪人」「酷《ひど》い人」とされてしまったのでしょうか。

「悪左大臣」のほんとうの意味

そもそも、頼長以降、現代に至るまでの人々が勘違いしてしまう原因の大きな一つは、「悪」を「倫理的によくないこと」と理解してしまうことです。少なくとも室町時代以降ではそれで間違いありません。しかし平安時代後期から鎌倉時代にかけては、「悪」の意味の有力な一つに、「ふつうの人には信じられないくらい優れた能力を持った人」という意味があったのです。

たとえば、源頼朝の長兄で義朝《よしとも》の長男であった義平《よしひら》は、鎌倉に住んでいて鎌倉悪《かまくらのあく》源太《げんた》と呼ばれました。「源太」は源氏の太郎、すなわち長男のことです。義平は父の代理で鎌倉に住んでいた時、父と仲が悪く、しかも戦争がとても強いと評判だった叔父義賢《よしかた》が上野国《こうずけのくに》南部に住み、鎌倉を攻め落とそうと狙っていたことがありました。ところが義平はまだ十五歳（数え年）ながら、叔父の隙《すき》を狙って上野国に攻め込み、討ち滅ぼしてしまいました。義平は少年なのになんと戦《いく》さに強いことかと世の人は舌を巻き、鎌倉悪源太と呼ぶようになったのです。この場合の「悪」は強烈な褒め言葉だったのです。

悪左大臣も同じことです。「信じられないくらい優れた左大臣」という褒め言葉だったのです。しかし保元の乱で負けて殺されてしまったものですから、「よくない人間だから殺されたのだ」と敵方から蔑《さげす》まれたのです。それがその後何百年もの人々の見方に影響を与えたのです。

⑹ 保元の乱

近衛天皇の没

近衛天皇は久寿二年（一一五五）七月に亡くなりました。わずか十七歳の短い一生でした。子どもはいませんでした。次に即位したのは後白河天皇でした。近衛天皇の異母兄で、崇徳天皇の同母弟でした。十二月には忠実と頼長の父子が近衛天皇を呪詛《じゅそ》したとの噂が広まっています。

保元の乱

近衛天皇の没がきっかけとなり、朝廷の中が二つに割れての争いが激しくなりました。一方は後白河天皇方で、もう一方は崇徳上皇方でした。

保元元年（一一五六）七月二日、鳥羽法皇が亡くなりました。これをきっかけに天皇方と上皇方の戦いが始まりました。それぞれ、多くの武士を味方につけていました。忠通は後白河天皇方に、忠実と頼長は崇徳上皇方につきました。

戦いは崇徳上皇方が敗れ、上皇は讃岐に流されました。頼長は戦闘中に受けた傷がもとで亡くなりました。忠通は藤原氏の氏長者に返り咲きました。

⑺ 晩年の忠通とその没

晩年の忠通

保元の乱後三年目の平治《へいじ》の乱を経る中で、忠通は後白河天皇との折り合いが悪くなり、失脚し、息子たちに政治を任せざるを得なくなりました。引退です。

最晩年の歌会

永暦《えいりやく》元年（一一六〇）ころ、忠通は自分が開催した歌会に集まった人たち三十人に、「月」をテーマにした和歌を詠ませました。その中に自分が詠んだ和歌もありました（『千載和歌集《せんざいわかしゅう》』）。

秋の月　たかねの雲の　あなたにて
　晴れゆく空の　暮るる待ちけり

「秋の夕暮れの月は、高い山の頂上にかかっている雲の向こうにあります。まるで晴れつつある空が暗くなるのを待っているようです」。月が出るのを静かに待つ、晩年の心境です。

忠通の出家と没

忠通は、応保《おうほう》二年（一一六二）六月八日、出家しました。政治的あるいは人間的争いがしきりに起きる時代でもありましたので、疲れたのでしょう。多くの息子たちの中で、後継者の資格を与えた三人の息子にあとを託して出家したのです。三人の息子とは近衛《このえ》基実《もとざね》・松殿基房《まつどのもとふさ》・九条兼実《くじょうかねざね》です。

長寛二年（一一六四）、忠通は六十八歳で亡くなりました。

おわりに

平安時代後期から鎌倉時代初期にかけて、摂関政治で有名な藤原氏には藤原道長・頼通・教通、さらには藤原頼長や九条兼実らの名が知られています。その中で、弱体化しつつあった藤原氏を支えて朝廷政治の本流から外れないようにした藤原忠通は、それほど有名ではありません。しかし支えきった忠通には、無視できない能力があったものでしょう。それは多数決で決まる朝廷政治の有力な一方策、すなわち友好的な人間関係の維持を、忠通はいかに行なったか、院政を行なう上皇や、あるいは天皇と協力し、友人も作り、藤原氏にとって困難な時期を乗りきったのです。本項ではそれに関わる忠通の思いを、和歌を通して探りました。

8 平忠盛

～息子清盛の大発展を準備する～

★平忠盛関係系図

桓武天皇—葛原親王—高見王—高望王（平高望）

- 国香（常陸平氏）
  - 貞盛—維衡（伊勢平氏）—正度—正衡—正盛（白河上皇の近臣）
    - **忠盛**（白河上皇・鳥羽上皇の近臣）—清盛
- 良将—将門
- 良文—忠頼—忠常

はじめに

平忠盛《たいらのただもり》は平安時代後期の朝廷の武官で、桓武平氏《かんむへいし》、清盛《きよもり》の父です。長い間、清盛は武士出身ながら朝廷で大勢力を築き、ついには武士で初めて太政大臣になったと言われてきました。しかし清盛は地方の武士が都に上って大勢力を築いたのではありません。確かに本拠地としての領地は伊勢国《いせのくに》にあるとはいうものの、数代以上前からずっと朝廷に中級貴族として仕えていました。同時に任命された国司の仕事として、諸国に下ったりしていたのです。この家は地方政治に当たることが主な仕事でした。

その中から出た忠盛は、瀬戸内海、そして九州に政治的・軍事的勢力を発展させ、それに基づく経済力で白河・鳥羽両上皇に仕え、朝廷内で大勢力を築いていったのです。続いて今にも公卿（官位が従三位以上）になれるか、という時期に病気で亡くなってしまいました。そのあとを受けたのが清盛でした。

ですから平氏は清盛がいきなり大勢力となったのではなく、代々ずっと中級の貴族としての官位・官職を保ち、その上での忠盛があり、さらに清盛の活躍があったのです。本項ではその忠盛の活躍ぶりと思いを、和歌を通して見ていきます。

(1) 平忠盛の誕生

忠盛・清盛に至る桓武平氏

ではまず、忠盛の誕生を見る前に、忠盛・清盛に至る桓武平氏の実態を見ておきましょう。その初代は、当初は高望王《たかもちおう》と名乗っていた平高望です。以下、朝廷から与えられた官位と官職を一覧にします。

官位	官職
平高望：従五位下。	上総介
国香：従五位下。	常陸大掾《ひたちだいじょう》、鎮守府将軍《ちんじゅふしょうぐん》
貞盛：従四位下。	左馬允《さまのじょう》、鎮守府将軍、常陸大掾、丹波守《たんばのかみ》、陸奥守《むつのかみ》
維衡：従四位上。	下野守、伊勢守《いせのかみ》、上野介《こうずけのすけ》、備前守《びぜんのかみ》、常陸介
正度：従四位下。	左衛門尉《さえもんのじょう》、常陸介、出羽守《でわのかみ》、越前守《えちぜんのかみ》
正衡：従四位下。	検非違使《けびいし》、右衛門尉《うえもんのじょう》、出羽守
正盛：従四位下。	隠岐守《おきのかみ》、若狭守《わかさのかみ》、因幡権守《いなばのごんのかみ》、但馬守《たじまのかみ》、丹後守《たんごのかみ》、備前守、讃岐守《さぬきのかみ》

忠盛：正四位上。検非違使、伯耆守《ほうきのかみ》、越前守、備前守、左馬権頭《さまのごんのかみ》、山陰道《さんいんどう》・南海道《なんかいどう》の海賊追討使、中務大掾《なかつかさだいじょう》、播磨守《はりまのかみ》、内蔵頭《くらのかみ》

清盛：従一位。左兵衛佐、……参議、検非違使別当《べっとう》、権大納言、内大臣、太政大臣

忠盛が任ぜられた播磨守は、諸国の守の中でもっとも格が高いとされています。また生まれてから一度も都に行ったことがないという者が官位・官職を与えられることはありません。誰でも（貴族でも）、官位・官職を欲しいという者は高額の賄賂《わいろ》を持参して直接・間接に当局者（人事を動かせる三位以上の貴族）に頼みに行くのです。朝廷の人事は、奈良時代から明治時代初めに至るまで適材適所で決めるのではありませんでした。ある官位官職を希望する者の中から、コネ（知り合い）とカネ（賄賂）で決まったのです。

忠盛の誕生

平忠盛は永長元年（一〇九六）に生まれました。父は、桓武天皇の曽孫平高望に始まる桓武平氏の中で、伊勢国に本拠地を置いた伊勢平氏の正盛です。正盛は白河上皇の近臣でした。そのころ、朝廷は全盛の摂関政治から院政に移りつつありました。忠盛も父と同じく白河上皇に仕えました。

⑵ 忠盛、北面の武士として白河上皇に仕える

奈良時代以来、当然、朝廷にも軍隊や警備組織はあったのですが、しだいに弱体化していきました。それは必要があれば各地から兵隊を募ればよい、平時には無駄だという考え方が大勢を占めていったからです。事実、各地で内乱などがあった場合には、天皇から任命された鎮圧使《ちんあつし》がたった一人で都を出発し、行く先々の国府で兵隊を出させ、その人数をもって鎮圧に当たる、などということが普通に行なわれていたのです。

したがって、天皇や上皇を守る警備兵も少なくなっていました。そこで上皇の屋敷については、その一部に「院《いん》の武者所《むしゃどころ》」と称する部屋があり、そこに武官たちが詰めていました。その武官は四位・五位の中級貴族で、武芸に優れた人たちです。

北面の武士

そして白河上皇が政治を執るようになると、警備の重要性も増し、上皇の屋敷の北側に新たに大勢の武官が詰める部屋が設置されました。この武官たちは「北面《ほくめん》の武士」と呼ばれたのです。彼らは上皇の警護に当たり、上皇の御幸にはお供をして警戒をしました。忠盛は少年の時からこの北面の武士に採用され、十三歳にして左衛門《さえもんの》

少尉《しょうじょう》、十六歳にして検非違使といった官職を与えられています。

忠盛、従五位下に叙され、地方国司を歴任する

天永《てんえい》四年（一一一三）、忠盛は十八歳にして従五位下に叙されました。四年後、伯耆守に任ぜられ、さらにその三年後には越前守に任ぜられるなど、地方の国司を歴任しました。そして現地に下って得た莫大な富を、院の屋敷や寺院の造営事業などに注ぎ込みました。その見返りとしてまた国司に任命されました。この繰り返しで忠盛自身も巨富を得たのです。

忠盛、賀茂社の新舞人に選ばれる

元永二年（一一一九）、忠盛は賀茂社《かもしゃ》の臨時の祭礼で初めて舞人《まいにん》に選ばれました。舞人は神に奉納する舞を舞う人ですが、美男が選ばれました。北面の武士も、実はゴツゴツした人ではなく、やはり美男が選ばれていたのです。忠盛の舞人姿は、いちだんと美しかったそうです。その華やかな装《よそお》いは、中御門宗忠《なかみかどむねただ》の日記『中右記《ちゅうゆうき》』元永元年（一一一八）十一月十九日条に、

道に光花《こうか》を施《ほどこ》し、万事耳目《じもく》を驚かす。誠に希代《きたい》の勝事なり。

「進む道に光り輝く花を咲かせるように見え、その派手やかな装いは皆を驚かせまし

た。ほんとうに初めて見たすばらしい様子でした」と記されています。

⑶ 白河上皇没、忠盛、引き続き鳥羽上皇の信任を得る

白河上皇は大治四年（一一二九）に亡くなりました。忠盛は院政のあとを継いだ鳥羽上皇の信任も得て、北面の武士さらには院の別当も務めました。院の別当とは、上皇の家政管理機関である院庁《いんのちょう》の長官です。

⑷ 忠盛、瀬戸内海に勢力を伸ばす

忠盛、備前守となる

大治四年（一一二九）、忠盛は備前守に任ぜられました。任地に下る途中、「むしあけ（虫明）」という所で宿泊して夜を明かし、古い寺があったので、そこの柱に次の和歌を書きつけたそうです（『玉葉和歌集』）。

むしあけの　瀬戸のあけぼの　見るをりぞ
都のことも　忘られにける

「むしあけの瀬戸（狭い海峡）で、朝、東の空に太陽が昇る直前の美しさを見る時は、

京都に帰りたいという気持ちを忘れてしまうほど感動的だよ」。

虫明（地名）は備前国邑久郡裳懸《おくぐんもかけのしょう》荘虫明（現在の岡山県瀬戸内市邑久町《せとうちし》虫明）です。瀬戸内海を航行する船の停泊地でした。忠盛は、その船の上から、あるいは岸辺から太陽が昇る直前の感動的な景色を眺めたものでしょう。

忠盛、山陽道・南海道の海賊追討使として功績を挙げる

忠盛は複数回、瀬戸内海の海賊追討使に任ぜられて功績を挙げました。あわせて九州の海賊も抑え込み、西国に平氏勢力の基礎を築きました。その上で、日宋《にっそう》貿易、すなわち中国との貿易も進めたので、彼の財政はいっそう豊かになりました。

「海賊」の実態は、海軍力のある小豪族

この時代によく出てくる「海賊《かいぞく》」とは、現代の私たちが認識する海賊とは少し異なります。現代人の認識する海賊とは、海で船に乗って悪いことをする人たちです。しかし、平安時代の海賊は、それぞれの地域の人たちや一般の船人たちを襲うことはないのです。仲よくしていたのです。そうではなくて、地方から朝廷への年貢を積んだ船だけを目当てにして襲ったのです。ですから、朝廷から見れば海にいる賊ということ

で「海賊」と呼んだのです。実態は海軍力のある海岸の小豪族です。

忠盛は各地の「海賊」を少しずつ支配下に収めて他の「海賊」に当たらせ、そして他方では息子清盛の大海軍勢力に結びつく準備をしたということなのです。

西国で活躍中に詠んだ和歌

以上のような西国活躍中に詠んだ和歌が『金葉和歌集』に収められています。これは忠盛が一時帰京した折、貴族たちと歌会か何かの会合で詠んだ和歌です。『金葉和歌集』の詞書に次のようにあります。

月のあかかりけるころ、明石《あかし》にまかりて月を見てのぼりたりけるに、京都の人々月はいかにとたづねければよめる。

「月が明るく空に出ているころ、明石で見てきれいだなと思って上京し、貴族たちに『明石の月はどうだったかね?』と尋ねられたので、返答として詠んだ和歌です」。

有明の　月も明石の　浦風《うらかぜ》に
　波ばかりこそ　よると見えしか

「出るのが遅い有明の月でも、明石では明るかったですよ。『夜《よる》』なのに暗くはなく、ただ浦に吹いている風に波が『寄《よる》』と見えるばかりでしたよ」。

『平家物語《へいけものがたり》』巻第一によれば、「明石の月はどうだったかね？」と尋ねたのは鳥羽上皇だったそうです。忠盛は、「畏《かしこ》まりました」と受けて直ちに詠んだのがこの和歌でした。上皇は忠盛が当意即妙に詠んだのでとても気に入り、すぐに『金葉和歌集』に登録したということになっています。

⑸ 忠盛、鳥羽上皇に内裏への昇殿を許される

忠盛、内裏への昇殿を望むが、許されず

忠盛は院（上皇の居住区）への昇殿（入ること）は許されていたのですが、それより格上である内裏への昇殿はまだ許されていませんでした。そして天治元年（一一二四）、その願いを込めて新嘗祭《にいなめさい》と大嘗祭《だいじょうさい》に奉仕をしました。

この二つの祭は朝廷の重要行事で、新嘗祭はその年の収穫を祝って来年の豊作を祈る行事、大嘗祭は国と国民の安泰と五穀豊穣《ごこくほうじょう》を祈る行事です。その行事には、公卿や国司の子女の中から四人ないし五人の未婚の者が選ばれて舞を舞うのです。

ところがこの年、同じく内裏への昇殿を望んで子女を奉《たてまつ》った忠盛と藤原為忠《ふじわらのためただ》のうち、為忠のみがその功績で内裏への昇殿を許されました。忠盛はなぜか許されません

でした。

気落ちした忠盛は、その思いを示す次の和歌を詠んでいます。『金葉和歌集』の詞書に、

殿上《てんじょう》申《もうし》けるころ、せざりければよめる。

「内裏へ昇殿させてくださいとお願いしていたのですが、駄目でしたので詠みました」とあります。以下、「雲ゐ」とは「宮中」のことです。

思ひきや　雲ゐの月を　よそに見て
　心の闇に　まどふべしとは

「思いもしませんでしたよ。昇殿できなくて、宮中に昇る月に照らしてもらうことができず、真っ暗な心の闇の中で思い悩むことになってしまうとは」。

忠盛、内裏への昇殿を許され、殿上人となる

落胆した忠盛でしたが、その後ずいぶん努力したのでしょう。「努力」とは、結局はいろいろな形での賄賂を注ぎ込むことです。そしてとうとう、長承《ちょうしょう》元年（一一三二）、内裏への昇殿が許されました。この時の天皇は崇徳天皇でした。内裏への昇殿が許された人のことを殿上人といいました。これは貴族としてとても名誉なこと

でした。そして忠盛が内裏への昇殿を許されたことは、武官として初めてのことでした。

このことについても『金葉和歌集』に忠盛の詠んだ和歌がその詞書とともに収録されています。次は、まず詞書です。

臨時祭《りんじのまつり》の舞人にて八幡《はちまん》へ参りたりけるに、はばかる事ありて御前へは参らで馬《む》場《ば》にたちて侍りけるが、尊げなる僧の侍りけるにかたらひつきて殿上のぞみ申しけるに、程なくゆるされにけれ。かの僧のもとへよろこび申しつかはすとて、

「私は、石清水八幡宮《いわしみずはちまんぐう》の臨時の祭礼の舞人を命ぜられたので、石清水へ参りました。でも差し障《さわ》りになることができたので、本殿には行かず、離れた馬場に立っていました。すると、たまたま尊い様子の僧侶がおられたので、『私は内裏への昇殿を許されたいと願っています』などと、親しくお話ししました。すると、まもなく昇殿のお許しが出たのです！　それであの僧侶に喜びの報告をしようと、次の和歌を詠んで送りました」。

うれしとも　なかなかなれば　いはし水《みず》
神ぞしるらん　思ふ心は

（『玉葉和歌集』）

『うれしゅうございます』と石清水の神様に申し上げるのも、私のお礼の気持ちを十分に表現できないようなので、神様には申し上げないことにしました。言葉で申し上げなくても、石清水の神様は私の感謝している心の内をわかってくださるでしょう」。

忠盛、崇徳上皇のもとで和歌を詠む

崇徳天皇は鳥羽上皇の意向で永治《えいじ》元年（一一四一）に退位し、弟に位を譲りました、近衛天皇です。退位後まもなく、「新院《しんいん》」と呼ばれた崇徳上皇の殿上にて歌会があり、忠盛は「海路の月」と歌題を受けて次の和歌を詠みました。『詞花和歌集』に、

ゆく人も　あまのと（天の門）わたる　心ちして
雲の波路に　月を見るかな

「海の航路を行く人は、天界の水路を進んでいるような心になり、海の波のような空の鰯雲《いわしぐも》・鱗雲《うろこぐも》の間を渡っていく月を眺めているのだなあ」とあります。「あまのと」は天界にあると考えられた船の通り道を意味しています。

忠盛、鳥羽上皇に正四位上に叙される

天養《てんよう》元年（一一四四）、忠盛は鳥羽上皇から正四位上に叙されました。翌年の久安元年（一一四五）には播磨守に任ぜられています。播磨守は、全国の国司の中で最上位である

と見られていました。さらに久安六年（一一五〇）にも再び播磨守に任ぜられました。これは仁平《にんぺい》元年（一一五一）までしたが、続いてその年から刑部卿《ぎょうぶきょう》に任ぜられています。同じく『詞花和歌集』に次の詞書とともに、この播磨守であった時のこととして詠んだ和歌が収録されています。

播磨守に侍りけるとき、三月ばかりに、舟よりのぼり侍りけるに、津の国《くに》の山路といふところに、参議《さんぎ》為通朝臣《ためみちあそん》、塩湯浴《しおゆあ》みて侍る、と聞きてつかはしける。

「私が播磨守であった時、三月ころに舟で都に上りましたところ、途中の摂津国《せつつのくに》の山路に塩分の濃い温泉があるのですが、参議藤原為通殿がそこで楽しんでいると聞いて、和歌を贈りました」。

ながゐすな　都の花も　咲きぬらん
我もなにゆゑ　いそぐ船出ぞ

「どんなに温泉が気持ちよくても、長居していてはいけません。もう都の花も咲いたでしょう。私は急いで都に帰る途中ですが、なぜ急いでいるとお思いですか」。

あなたも早く都へ帰った方がいいのじゃありませんか、と忠盛は告げています。都で重要な会議または行事があるとか、あるいは為通を待っている人がいるとか。為通は藤原頼長との男色関係で有名でした。

この和歌の中の「ながゐ」は摂津国住吉郡の地名「長居」（現在の大阪市住吉区長居です）を掛けています。またこの和歌は、『古今和歌集』に収録されている壬生忠岑《みぶのただみね》の和歌を踏まえています。

すみよしと　海人《あま》は告ぐとも　長居すな
人忘れ草　生《お》ふといふなり

「いくら海人が『住みよい』といっても、摂津国の住吉に長居してはいけませんよ。そこには人を忘れる忘れ草が生えているそうですから」。軽い冗談です。

忠盛はこのころ正四位上でした。播磨守に二度も任命されていることでもあり、機会を得て従三位に昇り、上級貴族すなわち公卿に任命されることを強く期待していました。

(6) 忠盛の没

忠盛は、仁平三年（一一五三）二月十日に、亡くなりました。五十八歳、公卿は目前でした。藤原頼長は、『宇槐抄録《うかいしょうろく》』で、忠盛の活躍とその人間性を次のように高く評価し、その没を惜しんでいます。

（忠盛は）数国の吏を兼ね、富は百万を累《かさ》ね、奴僕《ぬおく》は国に満ち、武威《ぶい》は人に軼《す》ぐ。人となり恭倹《きょうけん》、いまだかつて奢侈《しゃし》の行ないあらず。時の人これを惜しむ。

「忠盛は幾つもの国々の国司を経験し、その結果、財産はものすごい量になり、使用人はそれらの国中に満ちており、武力集団の長としての威力は優れていて他の武官はとても及びません。ところが人格はつつしまやかで質素な生活をし、過去一度も贅沢をしたことはありません。その忠盛が亡くなったことを、皆、残念がりました」。

おわりに

『平家物語』によれば、平清盛は生前にさんざん悪事を重ねたので没後には地獄に堕ちたとあります。もちろん、それらがほんとうに悪事だったのかどうかは問題があるところです。ただ清盛の父忠盛は、朝廷内でとても評判がよく、また仕事にもまじめに精を出す人物であったようです。そのまじめ、かつ穏やかで友好的な性格であったことは彼が和歌に込めた思いから知ることができます。本項はそのことを中心にして忠盛の心を見ていきました。

*著者紹介

今井雅晴（いまい　まさはる）

一九四二年、東京生まれ。東京教育大学大学院博士課程修了。茨城大学教授、筑波大学大学院教授、コロンビア大学・大連大学・カイロ大学・タシケント国立東洋学大学等の客員教授を経て、現在、筑波大学名誉教授、東国真宗研究所所長。専門は日本中世史、仏教史。文学博士。

著書　『中世を生きた日本人』（学生社）。『時宗成立史の研究』『捨聖一遍』『仏都鎌倉の一五〇年』（吉川弘文館）。『北条時政の願成就院創立』上、中、下（東国真宗研究所）。『鎌倉北条氏の女性たち』（教育評論社）。『親鸞の東国の風景』『日本文化の伝統とその心』（自照社出版）。『鎌倉時代の和歌に託した心』『鎌倉時代の和歌に託した心　続』『鎌倉時代の和歌に託した心　続々』『平安貴族の和歌に込めた思い』（自照社）。ほか。

平安貴族の和歌に込めた思い・続
～桓武天皇・在原業平・藤原頼通・紀貫之・菅原孝標女・待賢門院堀河・藤原忠通・平忠盛～

2024年11月23日　第1刷発行

著　者　今井雅晴
発行者　鹿苑誓史
発行所　合同会社 自照社
〒520-0112　滋賀県大津市日吉台4-3-7
tel：077-507-8209　fax：077-507-9926
hp：https://jishosha.shop-pro.jp
印　刷　亜細亜印刷株式会社

ISBN978-4-910494-37-1